신부님을 떠올리면 늘 두 가지 의문이 든다. 첫째, '철학자로 사셔야 할 분이 왜 성직자를 하고 계실까?' 신부님은 백인백색의 삶에 드러나는 수많은 마음들을 철학자처럼 진지하게 들여다보고 깊게 고민하신다. 둘째, '이미 중년의 문턱을 훌쩍 넘어선 분이 어쩌면 이렇게 아이처럼 항상 웃으실 수 있을까?' 무슨 재밋거리가 그리 많은 건지, 하루쯤 이분의 일과에 동행해보고 싶다는 생각이 든다.

깊은 성찰과 고민을 할 수 있는 사람의 얼굴에서 웃음이 끊이지 않는다는 것. 일반적으로 한 사람에게서 이렇듯 대조적인 모습을 동시에 발견하기란 좀처럼 어려운 일이다. 더군다나 각박한 이 시대에 매 순간 웃으며 살아간다는 것이 어디 그리 쉬운가. 하지만 200년간 이어져온 심리학의 무수한 연구들은 한목소리로 말한다. '마지막에 웃는 것이 아니라 자주 웃는 것이 좋은 인생이다.' 그런데 정작 우리는 그 방법을 모르니 답답할 밖에. 이제 그 답답함의 상당 부분을 풀 수 있게 됐다. 이 책에서 신부님은 우리에게 견디고, 극복하며, 용서하고, 강해지며, 이기는 법을 알려주신다. 그런데 이 모든 과정에는 유쾌한 웃음이 함께한다. 소소한 유쾌함이 없다면 아무리 이 모든 것을 이룬다 해도 결코 인생은 행복해질 수 없음을 너무 잘 알고 계시기 때문이다.

나도 명색이 학자이기에 책 속의 제언 하나하나를 꼼꼼히 캐어 확인해봤다. 행여 틀린 것이 있다면 '옳거니' 하며 고소해하려는(?) 속내도 아주 조금 갖고 말이다. 하지만 이런…. 다 맞는 이야기들이다. 한마디 한마디가

수십 수백 편에 이르는 논문과 연구의 결론을 명쾌히 담고 있다. 만일 신부님이 심리학자가 되셨더라면 분명히 나는 이분 등 뒤로 밀렸을 것이라는 생각을 하면서 안도감에 가슴을 쓸어내린다. 사람에 대해 그리고 인생에 대해 많이 배울 수 있게 해주셔서 고개 숙여 감사드린다.

— 김경일(인지심리학자, 《지혜의 심리학》 저자)

종교인의 권위란 스스로 내려놓음에도 불구하고 사람들이 굳이 다시 쥐어줄 때 비로소 힘을 발휘한다. 함께 방송을 하며 지켜본 홍창진 신부님이 바로 그런 권위를 갖고 계신 분. 그는 대중과 신 사이에 가교가 되기 위해 몸을 낮추고 수많은 이들을 만나 세속의 언어로 소통하는 일을 꺼리지 않는다. 이 책도 그러하다. 담백하고 편안한 글을 읽다보면 문득문득 어깨를 토닥여주는 신의 손길을 느낄 수 있다. 불안이 안개처럼 드리운 이 시대, 진정한 위로의 세례를 받아보시길.

— 이재익(SBS 〈시사특공대〉 PD 겸 진행자)

작가 로버트 폴검은 "내가 정말 알아야 할 모든 것은 유치원에서 배웠다"고 말했다. 하지만 우리는 아무런 준비 없이 어쩌다 보니 어른이 되었고, 어쩌다 어른이 된 우리가 살아가기에 세상은 너무 복잡하다. 몸은 커져버렸지만 마음은 아직 유치원도 졸업 못 한 우리 '어른이'들에게 진심을 담아 전하는 이야기가 여기 있다. 홍창진 신부님의 글을 보고 생각한다. 괜찮은 척 말고 애쓰지도 말면서, 여기에 하나 더 보태 뻔뻔하게 살아보자고. 못 해도 그만이다. 우린 모두 사람이니까. 사람은 원래 그렇다고 신부님도 말씀하셨으니까.

— 정민식(tvN 〈어쩌다 어른〉 〈책 읽어드립니다〉 총연출 PD)

괜찮은 척 말고, 애쓰지도 말고

괜찮은 척 말고, 애쓰지도 말고

| 마음 읽어주는 신부
| 홍창진의 유쾌한 인생 수업

홍창진 지음

세상이 어떻든 누가 뭐라든 유쾌하게 웃을 줄 아는 사람들의 비밀

　나는 33년차 신부입니다. 성직자로 반평생 넘게 살았습니다. 사람들은 나를 '괴짜 신부' '날라리 신부' 심지어 '조폭 신부'라고 부릅니다. 이런 별명이 붙은 건 내가 검은 사제복을 벗고 성당 밖으로 나와, '근엄과 완벽'이라는 가면 없이 솔직한 내 모습으로 사람들을 만나기 시작하면서부터입니다. 덕분에 나는 많은 사람들과 속 깊은 얘기를 나눌 수 있었고, 감추고 있던 그들의 진짜 아픔을 들을 수 있었습니다. 그들에게 조금이나마 위로와 힘을 줄 수 있었던 건 신부로 살고 있는 나 역시 별반 다를 게 없다는 걸 솔직하게 털어놓아서일 겁니다. 나만 인생살이가 힘든 게 아니라는 걸(심지어 성직자조차도) 아는 것이 때로 무엇보다 큰 위안이 되니까요. 그래서 나는 고백성사를 하는 심정으로 내 지난 삶과 내가 만났던 사람들의 이야기를 털어놓기로 결심했습니다. 짧게나마 내 이야기부터 먼저 털어 놓을까요?

　나는 슬픔이 많은 가정에서 태어났습니다. 내가 태어나던 해에 아버지의 사업이 망하는 바람에 우리 가족은 주인도 모르는 땅에 판잣집을 짓고 살았습니다. 아버지는 풍요로웠던 지난날을 잊지 못해 매일 술을 드셨고, 어머니는 그런 아버지를 대신해 서울 남대문시장에서 장사를 하며 어린 칠남매를 키우셨지요. 당시 어린 내 마음을 특히 괴롭게 했던 건 상대적 빈곤감이었습니다. 부잣집 친구네 거실에 있던 가죽 소파 냄새를 맡을 때마다 우리 집이 얼마나 가난한지 실감하곤 했습니다.

신학교에 들어간 뒤 우울한 내 유년의 기억은 부조리한 현실, 불공평한 인생에 대한 의문으로 이어졌습니다. 신학교 동기 중에는 홀어머니와 어린 동생을 두고 차마 사제가 될 수 없다며 자퇴하려는 친구도 있었고, 경제력은 물론 인품도 훌륭한 부모의 극진한 보살핌 아래 유학을 계획하는 친구도 있었습니다. 신학교라는 작은 세상 안에서도 인간의 의지로는 도저히 극복할 수 없는 인생의 편차가 참 극명했습니다. 그런 모습들을 지켜보며 내 머릿속엔 질문 하나가 떠올랐습니다.

'세상은 왜 이렇게 불공평할까? 이런 현실을 두고 나는 과연 사람들에게 어떤 희망을 줄 수 있을까?'

이런 의문에서 놓여난 건 신부가 되고서도 한참 후의 일입니다. 직업상 나는 그동안 잘 먹고 잘사는 사람보다는 마음 아프고 힘든 사람을 많이 만나왔습니다. 병든 어머니 수발에 학자금 대출까지 갚아야 하는 대학생, 중학교만 마치고 일용직으로 생계를 이어가는 가장, 시한부 자식을 둔 어머니 등등 감당하기 벅찬 인생을 살아가는 사람들이 세상엔 너무 많았습니다. 그런데 그들 모두가 불행해하며 사는 건 아니었습니다. 절망의 늪에서 헤어나지 못하는 이가 대부분이었지만, 절체절명의 위기 앞에서도 씩씩하게 오늘을 살아가는 사람도 적지 않았습니다.

나는 사제 생활을 10년 이상 하고 나서야 그 차이가 어디서 비롯된 건지 알 수 있었습니다. 위기 앞에 좌절하고 불행해하는 사람들은 자기 자신과 타인, 세상을 어떻게든 극복하려는 생각에서 놓여나지 못하고 있었습니다. 그들은 주변 사람들에 대해 늘 분노했고 불공정한 세상을 받아들이지 못했습니다. 문제가 생길 때마다 남 탓, 세상 탓을 하니 마음 편한 날이 있을 수 없었지요.

반면 현실과 상관없이 즐겁게 살아가는 사람들은 세상이 달라지지 않는다는 사실을 깨끗이 인정했습니다. "할 수 없지 뭐. 어쩌겠어?"라며 오늘을 사는 데만 충실했지요. 무엇보다 그들은 스스로 해결할 수 있는 일만 집중하고, 제 깜냥 밖의 일은 과감히 무시했습니다. 현실을 있는 그대로 수용하는 한편 부족한 자신을 유쾌하게 받아들임으로써 내면의 평화를 지켜나

갔던 겁니다.

이제 나는 젊은 시절에 가졌던 인생의 의문이 조금씩 풀려가는 것을 느낍니다. 부조리한 세상에 '왜'라는 질문을 던지는 것 자체가 불행을 자초하는 길입니다. 아무리 노력해도 세상은 내 뜻대로 돌아가지 않으니까요. 반면 그런 세상을 받아들이고 무엇을 할지 결정하는 내 마음만큼은 얼마든지 다스릴 수 있습니다. 세상 탓 남 탓하며 내 삶의 주도권을 밖으로 돌리면 절망하고 화낼 일뿐이지만, 시선을 내게 두고 내 마음이 하는 말을 좇으면 암울하던 인생에 조금씩 햇살이 찾아듭니다. 내 마음을 잘 들여다보며 나답게 사는 것. 이것이 바로 어떤 상황에서도 만족하며 살 수 있는 유일한 방법입니다.

그러니 부족한 자신을 감추느라 억지로 괜찮은 척하지 마십시오. 내 뜻대로 안 되는 세상과 싸우느라 애쓸 필요도 없습니다. 나를 알고, 내 마음을 믿고 따를수록 삶은 수월해집니다.

부족하나마 이 책이 힘든 세상살이에 지쳐 어떻게 살아갈지 모르겠다고 말하는 사람들에게 작은 숨구멍이 되었으면 좋겠습니다. 잃어버린 마음을 찾아 당당하고 즐겁게 살아가는 당신이 되기를 진심으로 바랍니다.

마음 읽어주는 신부
홍창진

가장 뛰어난
예언자는 오늘이다

—————————— 미래에 관하여 ——————————

미래에 대한 불안감은 사실
일어나지도 않은 일을 지나치게 걱정할 때 생깁니다.
상당 부분은 쓸데없는 기우에 불과하죠.
이때 가장 좋은 방법은 '지금'에 집중하는 것입니다.
지금 당장 할 수 있는 일, 해야 할 일을 생각해본 다음 그냥 그 일을 하는 겁니다.
미래에 대한 불안감은 내일의 문제를 해결해주기는커녕
오늘의 기쁨을 빼앗아갑니다.

일전에 한 동료 신부가 딱히 알아봐줄 사람이 없다며 내게 희귀한 영양제를 구해달라는 부탁을 했습니다. 동료에게 이런 청까지 하는 데는 그럴 만한 사정이 있겠지 싶어 평소 친분이 있는 약사에게 사정을 얘기했고 다행히 구할 수 있다는 답을 들었습니다.

그런데 약이 도착하는 그 며칠 사이 동료 신부로부터 몇 차례에 걸쳐 확인 전화가 오는 겁니다. 확실히 구할 수 있다고 했느냐, 확실하다면 언제 받을 수 있는지 왜 말이 없느냐, 분실 사고가 난 건 아니냐, 연이은 물음에 확답을 받았으니 좀 기다려보라고 재차 확인시켜 줘도 독촉은 끊이지 않았습니다. 같은 말을 앵무새처럼 반복하려니 슬슬 부아가 치밀어 올랐지만, 매사 이렇게 전전긍긍하며 사는 본인은 얼마나 피곤할까 싶어 입을 꾹 다물었습니다.

그런 작은 해프닝이 있은 지 몇 달 후 다시 그에게 전화가 왔습니다. 겸연쩍은 목소리로 일전에 자기 부탁을 들어주어 고

맙다, 믿지 못하고 계속 확인해 미안하다 얘기를 하더니 갑자기 이런 말을 털어놓았습니다.

"실은 내가, 친한 사람이 동석하지 않으면 비행기도 못 타거든. 비행기가 추락할지 모른다는 생각이 스멀스멀 올라오고 등줄기에 식은땀이 줄줄 흐르지. 발작을 일으킨 적도 있고."

고민 끝에 병원을 찾은 그가 의사로부터 받은 진단은 '예기불안'. 어렵게 얘기를 꺼낸 그는 미래를 향한 희망을 전해야 할 성직자가 이런 병을 지니고 살아가는 것이 몹시 부끄럽다고 했습니다.

사람마다 차이는 있겠지만 사실 우리 대부분이 앞날에 대한 불안을 안고 삽니다. 어느 가요에도 있지 않습니까. '왜 슬픈 예감은 틀린 적이 없나.' 아직 닥치지 않은 미래를 표현하는 우리의 언어는 늘 부정적입니다. 인생의 방향을 결정지을 굵직한 사안은 물론 일상에 별다른 영향이 없을 소소한 일들까지, 아직 오지 않은 미래를 온갖 불안으로 도배한 채 살아갑니다. '직장을 잃으면 어쩌지?' '집 장만을 못하면 어쩌지?' '일을 못 마치면 어쩌지?' 하면서요.

모든 사람이 죽음을 피해갈 수 없듯, 불안은 어쩌면 우리 모두가 평생 안고 살아야 할 어려운 숙제일지 모릅니다. 이제야 고백하지만 나 역시 예외는 아니어서, 동료 신부의 아픈 사연을 들은 지 얼마 지나지 않아 그와 비슷한 불안감 때문에 꽤나 고생한 적이 있습니다.

불확실한 미래 때문에
확실한 오늘을 포기하지 마라

작년에 나는 한 연극에 출연해 달라는 부탁을 받았습니다. 〈레미제라블〉의 미리엘 주교 역이었지요. 제법 대사도 많은데다 국내에서 가장 큰 공연장에서 열리는지라 부담이 적지 않았습니다. 딴에는 대사도 열심히 외우고 연습에도 성실히 임했는데, 경력 많은 프로 배우가 건넨 말 한마디 때문에 나 역시 생전 느껴보지 못한 불안을 맞닥뜨리게 되었습니다.

"무대에 처음 섰을 때 대사가 딱 한 줄이었어요. 그런데 막상 무대에 오르니 온몸이 돌덩이처럼 굳어서 입도 떼지 못하고 내려왔어요. 모든 배우가 겪는 첫 무대 징크스죠. 그래도 신부님은 믿음이 있으니 우리와는 다르겠죠?"

농담처럼 건넨 이 말을 듣는 순간 심장이 덜컥 내려앉았습니다. 특히 "다르겠죠?"라는 마지막 말이 뇌리에 대못처럼 꽉 박혀버렸습니다.

'정말 무대에 섰는데 아무 생각이 안 나고 몸이 굳어버리면 어쩌지? 더군다나 나는 연기 수업도 정식으로 받은 적 없는 아마추어인데?'

의심은 꼬리에 꼬리를 물었고, 급기야 밤잠을 설칠 만큼 고민이 커졌습니다. 공연일이 다가올수록 마치 모래시계를 쳐다보듯 일분일초에 민감해져 전에 없던 짜증마저 생길 지경이었습니다. 자기 혼자서는 비행기마저 탈 수 없다는 동료 신부를 안타까워했지만 실은 나도 별다를 게 없는 나약한 인간이라는 것, 단지 '생각'만으로 생활이 고단해질 수 있다는 것을 그때 처음 알았습니다.

그렇게 밥을 먹어도 먹는 게 아니고, 웃어도 웃는 게 아닌 모양새로 머릿속에 '어떡하지'란 말만 달고 산 지 몇날 며칠. 갑자기 이런 의문이 들었습니다.

'내가 지금 무엇과 싸우고 있는 거지?'

고민은 하고 있는데 정작 고민의 실체가 없다는 생각이 그제야 들었지요. 아직 오지도 않은, 그러니까 도무지 실체라고는 찾아볼 수 없는 미래를 부여잡고 아등바등하는 내 모습이 비로소 눈에 들어왔습니다.

감히 진단해보자면, 나는 삶의 무게 중심을 현재에 두지 않고 성급하게 미래로 옮겨버리고는 오지도 않은 미래에서 내가 만든 상상과 싸우고 있었습니다. 나는 지금 여기 이 순간에 살고 있는데, 현재에 살아 숨 쉬고 있는 나를 미래의 어느 순간으로 섣불리 던져버렸던 겁니다.

약 200년 전 한국 천주교는 혹독한 박해 시대를 경험했습니다. 단지 천주교를 믿는다는 이유만으로 이름도 모를 수천 명이 형장의 이슬로 사라졌지요. 사약, 몰매, 교수, 참수, 동사와 함께 산 채로 땅에 묻는 생매장, 물에 빠트려 처형하는 수장까지 목숨을 앗아가는 방법도 참 잔인했습니다. 믿는 자들에겐 배교를, 믿지 않는 자들에겐 경각심을 심어주기 위한 정책이었지요.

하지만 죽음을 앞둔 이들은 한결같이 평온했습니다. 매일 새벽에 눈을 떴고, 도움이 필요한 사람을 위해 기도를 했으며, 감옥에 함께 갇힌 동료들의 이야기를 들어주면서 그날 주어진 하루 일과에 충실했습니다. 어느 날 호명을 받고 형장으로 끌려가는 그 순간조차 그들에겐 자신에게 주어진 그날의 일과일 뿐이었습니다.

오지 않은 내일을 바라보는 대신 처음이자 유일한 오늘 하루, 지금 여기 이 순간에 충실히 사는 것. 그것이 그들이 끔찍한 공포에 함몰되지 않고 끝끝내 신념을 지켜낼 수 있었던 이유였습니다.

지금, 여기, 이 순간에 집중하기

개구리 두 마리가 각각 큰 우유 통에 빠졌다고 합니다. 한 마리는 빠지는 순간 지레 겁을 먹고는 "아! 이제는 죽었구나" 하고 몇 번 허우적거리다 말았습니다. 결국 바닥에 가라앉아 죽고 말았지요. 그러나 다른 한 마리는 빠지는 순간부터 미친 듯이 사지를 움직였습니다. 죽을힘을 다해 버둥대다가 탈진해 기절하고 말았는데, 얼마 뒤 깨어보니 멀쩡히 살아있었습니다. 얼마나 버둥댔던지 우유가 엉겨 뭉쳐서 딱딱한 치즈가 되었던 겁니다.

출처 모를 이 우화를 떠올리며 나는 복잡한 생각을 떨치고 연극 연습에 충실한 한편 내게 주어진 일과에 집중했습니다. 매일매일 해야 할 기도에 충실하고, 늘 해오던 봉사 프로그램에 적극적으로 참여하며 본연의 사제 업무에 충실한 평범한 날들을 살았습니다. 초조한 마음이 완전히 사라지지는 않았지만, 어느 때는 다른 일에 몰입하느라 완전히 잊기도 하고, 또 어느 때는 '에이, 또 불안해지는군. 대사나 한번 더 읊어봐야지' 하며 스멀스멀 고개를 쳐드는 불안이란 녀석을 다독였습니다. 그렇게 내게 주어진 오늘에 충실하면서 지금 당장 할 수 있는 일에 집중하다보니 어느덧 첫 무대 공포도 조금씩 옅어졌습니다.

이윽고 닥친 첫 공연 당일. 잘하면 좋은 거고, 못해도 별수 없다는 마음으로 편하게 무대에 올랐습니다. '프로 배우가 아닌데 조금 어설프고 실수를 해도 그조차 공연의 묘미가 아닐까' 하는 배포까지 생겼습니다. 어디서 그런 용기가 나왔는지 다음날 공연에서는 은촛대를 훔친 장발장을 두둔하면서 "뱃살 때문에 다이어트 하느라 빵 담는 은쟁반도 필요 없으니, 이도 가져가라"고 대본에도 없는 애드리브까지 하게 되었지요(상대 배우의 당황한 눈빛을 보며 속으로 회심의 미소를 지었습니다).

기쁘게 웃으면서 에너지를 되찾고 슬프게 울면서 마음을 정화하듯, 모든 감정에는 저마다의 기능이 있습니다. 불안도 마찬가지입니다. 과도한 불안이 문제일 뿐, 적당한 불안은 생존에 있어 중요한 감정 에너지입니다. 적당한 불안은 위기를 자각하게 하고 닥친 문제를 극복해 삶의 성취를 이루는 데 도움이 되기도 합니다.

다만 불안은 여타 감정 중 유독 제멋대로인 구석이 있습니다. 시시때때로 튀어나오는 불안을 통제하려면 현재에 집중하는 훈련을 해야 합니다. '내 사명은 무엇인가?' '나는 지금 이 일을 잘하고 있는가?' 이렇게 현재에 몰입해 있으면 미래의 걱정은 어느덧 사라집니다.

창업하고 자리를 잡을 때까지 창업자는 정신없이 뛰어다닙니다. 미래를 걱정할 새도 없이 물불 가리지 않고 지금 해야 할 일에 온 힘을 쏟습니다. 그렇게 현재에 '올인'할 때 다가오지 않을 미래의 걱정이 자리 잡을 틈은 없습니다.

미래는 아무도 모릅니다. 확실한 것은 현재밖에 없습니다. 시인이자 철학자 랄프 왈도 애머슨은 이렇게 말했습니다. "인생이란 마음속으로 그리는 미래의 삶을 사는 것이 아니다. 현재를 삶으로써 진정한 미래의 삶을 살 수 있다."

시시때때로 찾아드는 미래에 대한 불안감에서 벗어나는 유일한 방법은 오늘 하루 일과를 기쁘게 마주하고, 지금 할 수 있는 일에 온 마음으로 몰입하는 것뿐입니다. 여기에 하나 더 보태 주위를 둘러보고 어려운 처지에 놓인 사람과 마음을 나눌 수 있다면 불안으로부터 더 쉽게 벗어날 수 있을 겁니다.

함부로
상처받지 마라

사람들과 잘 지낸다는 건
모두에게 최선을 다한다는 뜻이 아닙니다.
내 한정된 에너지를 소중하지도 않은 사람들에게 낭비해선 안 됩니다.
스페인의 대표적인 철학자 발타자르 그라시안은
"불손한 자들과는 충돌하지 않아야 하며,
바보를 알아보지 못한다면 당신이 바로 바보다"라고 했습니다.
더 이상 타인을 위해 소중한 나를 바쳐선 안 됩니다.

한 청년이 코로나 때문에 밥벌이가 어려운 지경에 처했습니다. 다니던 직장이 한시적으로 폐업에 들어가는 바람에 덩달아 휴직할 수밖에 없었지요. 목구멍이 포도청이라 급히 아르바이트 자리를 찾다가 겨우 어느 카페에서 일하게 되었습니다. 그러던 어느 날, 한 손님이 얼음이 들어간 음료를 주문했습니다. 사장에게 배운 대로 만들었는데 손님이 하는 말.

"뭐가 이렇게 차가워? 골이 다 쑤시잖아!"

당혹스러운 속내를 감추고 다시 음료를 만들었지만, 이번엔 또 음료가 너무 미지근하다며 불같이 화를 내는 것이었습니다. 음료 하나 제대로 못 만드느냐, 손님 응대가 이게 뭐냐 난리를 치는 통에 결국 사장이 나서서 환불을 했습니다. 하지만 청년이 당한 수모는 이것으로 그치지 않았습니다. 손님이 돌아간 뒤 사장으로부터 환불한 음료 값을 포함해 손님이 거부해서 버린 음료까지 변상하라는 말을 들은 것입니다. 진상 손님에게 시달린 것도 힘들었는데, 사장에게 비인도적인 명령까지 듣고 나니 서러워 견딜 수가 없었습니다.

"어서 털어버리고 좋은 마음으로 지내려고 애쓰고 있는데 자꾸 눈물이 나요. 사장님을 웃는 낯으로 대할 수가 없습니다."

어려운 시기를 겪고 있는 한 청년의 이야기지만, 살다 보면 근거 없이 나를 함부로 대하는 사람들을 만나게 됩니다. 그럴 때 이른바 '착한' 사람들은 괴로워하다가 결국에는 참습니다. 하지만 무작정 참는다고 마음 안의 분노가 사라지지는 않습니다. '이번 한번은 넘어가자' '내가 안 참으면 어쩌겠어' 하며 애쓰는 동안 결국 내 속만 곪습니다.

더 큰 문제는 그런 상황이 자꾸 반복될수록 자책으로 이어진다는 사실입니다. 분명 내 잘못이 아닌데도 어느 순간 '내가 잘못한 것이 아닐까?' '내가 부족하기 때문이야'라는 생각이 들고, 나중에는 문제의 화살을 자기 자신에게 돌립니다. 그렇지 않아도 부족한 자존감을 스스로 갉아먹게 되는 겁니다.

사람에게 자존감은 삶을 지탱하는 힘이며 보람을 만드는 기둥입니다. 다른 사람들이 자신을 함부로 대하게 두어서는 안 되는 이유가 여기에 있습니다. 잊지 말아야 할 것은 내 삶은 나 자신이 중심이 되어야 하고, 어떤 상황에 놓여 있든 나 자신을 방치해선 안 된다는 사실입니다. 스스로를 돌보지 않는 사람은 결국 타인과의 관계도 건강하게 맺지 못합니다. 나 자신조차 제대로 존중하지 못하면서 어떻게 다른 사람을 한 인격체로 존중할 수 있겠습니까. 그래서 나는 종종 이렇게 말합니다.

"어떤 상황에서든 함부로 상처받지 마라."

단호해지기로 결심하기

인터넷 발달로 전 지구적인 인간관계를 맺는 요즘, 옥스퍼드 대학교의 로빈 던바 교수는 우리가 얼마나 많은 사람과 유의미한 관계를 맺을 수 있는지를《발칙한 진화론》이라는 책을 통해 밝혀냈습니다. 원제는 '우리에게 얼마나 많은 친구가 필요한가?(How many friends does one person need?)'입니다.

그는 이 책에서 아무리 공감능력이 뛰어난 사람이라도, 정말 마음을 나눌 수 있는 최대 인원은 150명이라고 밝히며 이를 '던바의 수'라고 규정했습니다. 여기에서 150명은 쉽게 말해, 술집에서 우연히 마주쳐 예기치 않게 동석해도 어색하지 않은 관계를 말합니다. 즉, 한 사람이 맺을 수 있는 진정한 인간관계의 수는 많아야 150명이고, 그 외에는 서로의 삶에 별다른 영향력을 미치지 못하는 유명무실한 존재라는 겁니다. 냉정히 말해, '없어도 그만'인 관계인 셈이죠.

더욱이 던바 교수가 말한 150명은 정말 친화력과 사교성이 좋고 인생의 상당 부분을 관계 맺기에 충실한 일부 사람의 이야기일뿐, 현실에 사는 우리 모두에게 해당하는 이야기가 아닙니다.

일부 사회학자들은 12~15명 규모의 친한 관계에 '공감 집단'이라는 이름을 붙였는데, 공감 집단이란 그중 누군가 크게 다치거나 사망하는 등 큰일을 겪었을 때 마음이 무너져서 일상을 영위할 수 없을 만큼 상심하게 되는 관계를 말합니다. 야구나 축구 같은 스포츠 팀이 이 범위로 만들어졌다고 하죠(예수의 제자도 12명이었습니다). 그가 하는 말이나 행동이 충분히 내 생활에 영향을 미칠 만한 관계입니다.

그러므로 누군가에게 상처를 받았거나 내가 맺어온 인간관계에 회의를 느낄 때, 과연 상대가 내게 얼마나 유의미한 존재인지 한번쯤 생각해볼 필요가 있습니다. 중요하지도 않은 관계에 소중한 내 마음을 할애하고 있지는 않은지 말입니다.

몇 년씩 물건을 못 버리고 쌓아뒀다가 한번 대청소를 해서 정리를 하고 나면 집안도 멀끔해지고 속도 시원해집니다. 잊고 있었던 정말 소중한 물건을 발견하는 기쁨도 맛보게 됩니다. 눈 질끈 감고 대청소를 하듯, 한번쯤 크게 결심하고 관계를 재정립해 볼 필요가 있습니다. 특히 마음이 여려 정당하게 자기감정을 표현하지 못하는 사람들은 더 그렇습니다. 모든 관계의 중심은 내가 되어야 하고, 내게 영향을 미칠 만큼 중요한 사람은 별로 많지 않다는 것을 기억해야 합니다.

진상 불변의 법칙

경험으로 비춰볼 때 소위 '진상'들은 쉽게 변하지 않습니다. 그들을 대할 때에는 일명 '진상 불변의 법칙'을 적용해야 합니다. 첫째, 무시하는 마음을 가져야 합니다. 가장 좋은 방법은 끝까지 그저 "예"라고 응대하는 것입니다. 속으로야 화가 치밀어 오르더라도 겉으로는 "예" 하며, 무시하는 마음가짐으로 무장하는 것이 나를 지키는 방법입니다. 둘째, 그도 불쌍한 사람이라고 여기는 것입니다. 각자 어떤 환경에서 나고 자랐는지 알 수 없지만, 그들 대부분은 열등의식을 지니고 있습니다. 쉽게 말해, 누군가를 무시하지 않고서는 자신의 존재감을 찾을 수 없는 사람들입니다. 정신적으로 온전치 못한 사람을 성숙한 내가 좀 봐준다는 측은지심으로 그들을 대해보십시오.

이 두 가지 지혜를 갖추면 몰상식한 사람들에게 마음을 다치지 않고 살아갈 수 있습니다.

그리고 또 하나, 모든 사람들에게 사랑받고 싶은 마음을 버려야 합니다. 타인에게 상처를 많이 받는 사람들의 공통적인 특징은, 상대에게 미움 받는 것을 두려워한다는 것입니다. 상대방이 나를 미워하거나 관계가 틀어질까 봐 두려워서 끝없이 참으며 노력하고, 그런 중에 상처를 많이 받습니다. 하지만 모든 사람에게 사랑받으며 좋은 관계를 유지한다는 건 애초에 불가능한 일입니다.

좋은 관계를 유지하려고 노력하는 건 좋지만, 그로 인해 내 마음에 상처가 남는다면 과감히 포기하는 법도 배워야 합니다. 상대가 누구이든 완벽한 관계란 있을 수 없고, 내 의지대로 통제할 수도 없습니다. 심지어 가장 가까운 가족조차 내 맘대로 안 돼 괴로워하지 않습니까.

가족과도 좋은 관계를 유지하기 어려운 마당에 중요하지도 않은 관계에 끌려다니다 보면, 정말 소중하게 여겨야 할 사랑하는 사람들을 소홀히 할 수밖에 없습니다. 우리가 가진 시간과 에너지가 한정돼 있기 때문입니다.

한정된 시간과 에너지를 소중한 사람에게 쓰려면, 내게 함부로 하는 사람에게 단호히 선을 그을 줄 알아야 합니다. 죄책감이 들더라도 "이건 내 잘못이 아니다"라고 씩씩하게 선언해야 합니다.

살면서 어떤 사람을 만나게 될지는 선택할 수 없지만, 그 사람과 어떤 관계를 맺으며 살아갈지는 선택할 수 있습니다. 누구를 소중히 하고 누구를 내 관심 밖에 둘 것인지는 오로지 우리의 선택에 달려 있습니다. 물론 그 과정에서 내가 정말 사랑받고 싶은 사람으로부터 상처를 받는다면 마음이 아플 겁니다. 하지만 내 인생에 별로 중요하지도 않은 사람이 근거 없이 내게 상처를 준다면, 그건 내가 안 받으면 그만입니다. 소중한 나를 지키기 위해 그리고 내가 사랑하는 사람들을 더 많이 사랑하기 위해, 상대의 잘못은 상대의 몫으로 그냥 남겨둘 필요도 있습니다.

더 이상 애쓰지 말고
거리부터 둬라

관계에 관하여

사람 사이의 관계에는 반드시 '마음의 반응'이 있습니다.

상대의 말이나 행동에 대해 나도 모르게 마음이 움직이는 겁니다.

만일 누군가에게 계속 불편한 마음이 든다면 한걸음 물러설 필요가 있습니다.

관계를 끊으라는 말이 아닙니다.

내 마음이 더 이상 반응하지 않도록 '적정한 거리'를 유지하라는 것입니다.

거리를 유지하는 훈련을 거듭하면, 내 감정이 상하거나 상처받을 일이 줄어듭니다.

지나친 선량함은 때로 인간관계의 장애물이 되기도 합니다.

직장인치고 사회생활을 힘들어하지 않는 이가 없습니다. 억대 연봉의 대기업 임원이든 이제 막 돈을 벌기 시작한 사회 초년생이든 하나같이 밥벌이의 고충을 토로합니다. 그런데 막상 얘기를 들어보면 정말 힘든 건 정작 일이 아니라 인간관계인 경우가 대부분입니다.

"매일 계속되는 인격 모독을 참을 수 없습니다."

"상처받는 게 지겨워서 차라리 혼자 있고 싶어요."

끊임없이 맞닥뜨리는 관계 문제 때문에 하루에도 몇 번씩 퇴직을 꿈꾸며 미래의 대차대조표를 써보지만 아무리 머리를 굴려도 신통한 묘책은 없습니다. 마음만 먹으면 언제든 직장을 때려치울 수 있는 금수저가 아닌 이상 평범한 우리가 택할 수 있는 경우의 수는 그리 많지 않기 때문입니다. 바꿀 수 없는 현실을 두고 고민하는 건 인생 낭비입니다.

이럴 때 필요한 것은 '유연함'입니다. 좋고 싫음의 이분법적 논리에 머물고 있는 내 주관을 버리고, 보다 다양한 관점에서 내 인간관계를 재정립하는 것이지요. 김혜남 정신분석 전문의는 《당신과 나 사이》에서 아무리 친밀한 사이에도 거리가 필요하며, 억지로 관계를 좋게 만들려고 노력하기보다 오히려 적당한 거리를 유지할 때 비로소 관계로 인한 갈등에서 벗어날 수 있다고 말합니다.

나는 사람과 사람 간의 거리에 따라 그 관계를 세 가지로 분류합니다. 혈연으로 얽힌 가족, 마음을 주고받을 수 있는 친구, 마지막으로 공적으로 사회에서 만난 사람들입니다. 가족은 가장 가까운 거리에 있는 상대로 어떤 경우에서도 서로 사랑하고 위로하며 보호해주는 관계입니다. 따뜻한 신체 접촉이 오가고 때로 희생도 감내하며 책임과 의무를 다하지요. 그 책임감이 버겁기도 하지만 그로 인해 인생을 살아갈 힘을 얻습니다.

친구는 가족보다는 덜 친밀하지만 필요할 때 언제든 서로의 손을 잡을 수 있는 사람입니다. 어느 때는 가족에게도 털어놓을 수 없는 비밀을 공유하면서 평생에 걸쳐 많은 속내를 나눕니다. 별 이득이 없어도 내 시간을 내어주는 데 불편하지 않고, 책임과 의무가 없기에 그런 중에 서로의 인격을 존중합니다.

마지막으로, 내 관계망에서 가장 바깥쪽에 자리한 사회에서 만난 사람들입니다. 자발적인 선택보다는 주어진 상황이나 조건에 따라 형성되는 관계로, 이들 사이에서는 사무적이고 공식적인 활동이 일어납니다. 그런데 이 세 번째 관계는 재미난 특성이 있습니다. 첫 선택권은 없어도 만남 이후 어떻게 대응하느냐에 따라 정말 내게 득이 되는 관계로 발전될 수도, 아니면 내 앞길을 가로막는 장애물이 될 수도 있다는 점입니다. '어떻게 하느냐'에 따라 관계의 양상이 천태만변으로 바뀌니만큼 영리한 대응전략이 필요한 관계라고 할 수 있습니다.

문제는 대부분의 사람이 사회에서 형성된 이 관계를 가족이나 친구와 구별하지 못한다는 겁니다. 여타의 많은 상황을 고려하지 않은 채 내 진심만을 알아주기 바라고, 자신의 판단이 관철되기를 무의식중에 바라는 것입니다. 그럴 만한 합당한 이유도, 그로 인한 효과도 냉정히 가늠해보지 않고는 제풀에 지쳐 상처받거나 화를 냅니다. 정작 상대는 내게 신경도 쓰지 않는데 고립을 자초해 자멸해가는 수순을 밟는 겁니다.

마음의 반응을 버리고 거리 두기

사람 사이의 관계에는 반드시 '마음의 반응'이 있습니다. 상대의 말이나 행동에 대해 나도 모르게 마음이 움직이는 겁니다. 이런 마음의 반응 때문에 관계가 더 돈독해지기도 하고, 반대로 갈등이 커지기도 합니다.

가족이나 친구는 친밀한 반응이 필요한 관계입니다. 아주 가까이에서 마음으로 반응하지 않는다면 그것은 진정한 가족, 진정한 친구라 말할 수 없습니다. 진심으로 마음과 마음이 오가는 중에 서로 상처를 주고받기도 하지만, 그 상처를 치유하면서 관계는 더욱 돈독해집니다. 밀접한 거리에서 속내를 터놓고, 힐난하기보다는 서로의 입장을 이해해가는 중에 상대의 세계에 서서히 스며들게 됩니다.

그러나 사회에서 만난 사람 간에는 과도한 마음의 반응이 오히려 관계를 망치는 역효과를 불러옵니다. 일터에서 오랜 시간 함께하다 보면 물리적이나 심리적으로 그 거리는 조금씩 가까워질 수밖에 없습니다. 하지만 지켜야 할 '적정한 거리'를 망각하면 상대의 일거수일투족에 내 마음이 반응을 일으킵니다. 다행히 그 반응이 긍정적인 것이면 좋겠지만, 서로 다른 환경과 가치관을 지닌 이들이, 그것도 '일'이라는 공적인 목표를 위해 모인 가운데에서 가족이나 친구 간에 오가는 따뜻한 반응을 기대하기란 어렵습니다. 더욱이 이해관계, 어쩔 수 없는 경쟁 구도 안에 놓였기에 오히려 실망하는 수가 훨씬 많습니다.

그래서 사회생활에서 특히 필요한 것이 상대와 나 사이의

'적정한 거리'입니다. 누군가와 거리를 둔다는 것은 마음으로 반응하지 않는 것을 의미합니다. 상대가 비난과 모욕의 말을 할 때 화를 내거나 억울해한다면 이는 상대의 말에 내 마음이 반응했다는 것을 의미합니다. 마치 가족이나 친구와의 관계에서처럼 상대의 말을 온 마음으로 받아안는 것입니다.

하지만 인격적으로 덜 성숙한 상사가 말도 안 되는 명령을 하거나 아랫사람이 지시를 제대로 따르지 않는다 한들, 마음으로 반응하지 않으면 기분이 우울해지거나 화가 나지 않습니다. 잠깐 언짢을 수는 있어도 "저 사람 오늘 기분 나쁜 일이 있었나?" "일단 시간을 두고 다시 한번 얘기해보자" 하며 털어낼 수 있습니다. 풀어야 할 문제는 남겠지만, 적어도 내 감정이 상하거나 상처받을 일은 없다는 겁니다.

성당 밖에서 대외적으로 많은 활동을 하면서 한 가지 원칙을 세웠습니다. 내 시간과 마음을 내어줄 만큼 가까운 거리에 있는 게 아니라면 상대가 하는 말에 일일이 대응하지 않는다는 것입니다. 성직자로서 대외 활동을 하는 것에 대해 곱지 않은 시선을 받기도 하지만, 그때마다 나는 "저렇게 생각할 수도 있구나" 하며 웃어넘깁니다. 혹시 내가 실수한 것은 없는지 자가 점검을 해보긴 해도 자책이나 후회는 하지 않습니다.

칭찬에 대해서도 마찬가지입니다. 비난 대신 칭찬을 해주니 무척 고맙지만, 그것에 격양돼 우쭐하거나 자만하지 않도록 늘 경계합니다. 부정적인 말이든 긍정적인 말이든 그것에 일일이 대응하지 않는 것이 마음의 평안을 유지하고 스스로를 지키는 방법이라는 걸 알기 때문입니다.

싸우지 않고 승리하는 법

손무가 쓴 고대 중국의 병법서 《손자병법》에 '묘산(廟算)'이라는 말이 나옵니다. 전쟁에 앞서 승률을 높이는 계책을 일컫는데, 점칠 때 쓰는 나뭇조각을 이용해 성공 요인이 나오면 조각 하나를 놓고 실패 요인이 제기되면 조각 하나를 빼는 방식입니다. 만일 누군가가 "적군의 장수가 지략이 뛰어나다"라고 하면 조각 하나를 빼고, 또 다른 누군가가 "우리는 적군에 비해 임기응변이 능하다"라고 하면 조각 하나를 더했지요. 그 결과 나뭇조각이 많이 쌓이면 승률이 높다고 판단했습니다. 손자는 싸우기에 앞서 이런 계산이 선행돼야 한다고 말했습니다. 다시 말해 '이길 만한 싸움만 하라'는 얘기입니다.

사회생활을 하면서 벌어지는 수많은 갈등에서 늘 이기는 방법은 싸우지 않고 상대의 마음을 얻는 겁니다. 불필요한 다툼 없이 상대에게 신뢰를 얻는 것만큼 완벽한 승리가 또 있을까요. 이때 필요한 것이 바로 '유연함'입니다. 흔히 갈대를 줏대 없음에 비유하지만, 속을 비운 채 바람을 타는 유연함 덕에 갈대는 그 어떤 풍랑에도 꺾이지 않고 제자리를 지켜냅니다.

그래서 나는 인간관계로 힘들어하는 사람들에게 더도 말고 딱 한 달만 학교 다니듯 지내보라고 말합니다. 말 잘 듣는 착한 학생처럼, 고분고분하게 웃으며 살아보라는 것이지요. 흔히 '처세'라는 말을 살아남기 위해 윗사람에게 아부하는 것으로 여기지만 내 생각은 다릅니다. 진정한 처세는 내 힘으로 어쩔 수 없는 큰 흐름에서 나를 보호하고 발전시키면서 가치 있게 생존하는 것입니다. 주어진 내 역할과 위치를 바로 알고 그에 합당하게 행동함으로써 다음을 기약하는 것이지요.

또한 이 과정에서 나도 모르는 내 편견을 다시 돌아보게 됩니다. 내 안의 옳고 그름의 잣대가 너무 확고한 나머지 상대방의 관점이나 가치관을 쉽게 무시한 건 아닌지 생각해보게 된다는 말입니다. '저 사람 입장에선 저럴 수도 있겠다' '내 생각과는 참 다르구나' 하고 짐작해보는 것만으로 나를 괴롭히는 스트레스는 훨씬 가벼워집니다.

내 안에 자리한 강성을 버리고 유연함을 갖춰보는 것. 싫든

좋든 매일 얼굴을 부딪치고 살아가야 한다면 한번쯤 시도해봄
직 합니다. 내 마음을 쉽게 내어주지 않고 거리를 두니 상대가
어떤 행동을 한들 괴로울 이유가 없고, 괴로울 이유가 없는 마
당에 한번 웃어주고 고개 끄덕여주는 것쯤 못할 것도 없습니
다. 어차피 평생 볼 사이도 아니지 않습니까.

우리를 괴롭히는 건 일이 아니라, 일에 대한 환상이다

———————————— 일에 관하여 ————————————

'나는 이 일을 해야만 한다'는 생각은 결국
'나는 저 일은 절대 할 수 없다'는 고집과 다르지 않습니다.
아무리 좋아 보이는 일도 어두운 이면이 반드시 존재하게 마련입니다.
그러므로 만일 무기력증에 빠져 있다면
지금 하고 있는 일이 내게 어떤 의미가 있는지 곰곰이 살펴보십시오.
생각과 감정은 서로 호응하기 때문에
일에 대한 생각이 바뀌면 일을 대하는 마음도 달라집니다.

누구에게나 내가 왜 이 일을 하는지, 이 일이 내게 정말 맞는지 물음을 던지는 시기가 옵니다. 일과 성공을 다룬 수많은 책에서는 하나같이 마음이 시키는 일을 하라는데, 사실 하고 싶은 일이 뭔지도 모르겠고 별반 잘하는 것도 없다는 게 직장인 대부분의 솔직한 심정입니다. 어디서부터 잘못됐는지는 모르지만 여하튼 이렇게 살 순 없다며 다른 일을 알아보거나 불현듯 창업을 시도하는 사람도 많습니다. 최근 10년새 창업자 수는 계속 늘고 있습니다.

그런데 일에 대해 고민하는 사람들을 수없이 마주하면서 한 가지 이상한 점을 발견했습니다. 일을 삶의 가장 중요한 요소라 여기면서도, 실제 현실에서는 일하기를 죽도록 싫어한다는 점입니다. 일이 너무 하고 싶다거나, 재밌어 죽겠다는 사람은 단 한 명도 보지 못했습니다. 이유는 간단합니다. 내가 꿈꾸는 '이상'과 실제로 일할 때 맞닥뜨리는 '현실'이 달라도 너무 다르기 때문입니다.

선택에 대한 강박에서 벗어나기

나는 사람들이 일에 대해 너무 많은 환상을 가지고 있다고 생각합니다. 가장 큰 환상은 마치 살 집을 고르듯 일을 선택해야 하는 것인 양 생각하는 것입니다. 몇몇 특수한 분야를 빼놓고 대부분의 일은 내 의지로 선택하기보다 수많은 우연이 쌓이고 쌓여 '만나게' 되는 경우가 많습니다.

지금 하고 있는 일을 놓고 찬찬히 생각해 보십시오. 스스로 선택했다고 생각하겠지만, 그 일을 갖게 되기까지 자라온 성장 환경과 가치관이 작용했을 것이고, 일에 대한 판단에 영향을 미친 수많은 인연이 있었을 것이며, 내 의지와 무관하게 찾아든 타이밍(운 혹은 기회라고 바꿔 말해도 좋습니다)도 있었을 겁니다. 특히 사회 초년생이라면 선택이랄 것도 없이 취직시험의 당락에 따라 일을 하게 되는 것이 대부분이라고 해도 과언이 아닙니다.

신부 노릇을 하며 만난 사람들에게 "어떻게 이 일을 하게 됐느냐"고 물어보면, 취직하려고 여기저기 알아보고 있던 차에 학교 선배의 추천을 받았다, 대학 때부터 취미로 하던 일이 어느덧 돈벌이가 됐다, 재미 삼아 공모전에 응시했는데 덜컥 입상해서 직업으로 이어졌다, 아버지가 하시던 일을 물려받았다 등등 여러 가지 상황과 크고 작은 우연한 계기로 그 일을 갖게 된 경우가 대부분입니다.

성직자만큼 '선택'이라는 말이 어울리는 직업이 또 있을까 싶지만, 나만 해도 사제라는 직업을 내 의지대로 선택하지 않았습니다. 신부가 된다는 건 상상조차 해보지 않다가 어릴 때 다니던 성당 신부님의 말씀에 응한 것이 계기가 되었지요.

혹자는 신부님의 권유를 따른 것 자체가 선택 아니냐고 반문할지 모르지만 그 권유에 단박에 응한 것도 아닙니다. 처음엔 "돈이랑 여자가 좋아서 도저히 신부는 못 되겠다"며 줄행랑을 쳤습니다.

그럼에도 불구하고 신부의 길로 들어서게 된 건, 이 핑계 저 핑계 대며 도망치는 내게 "너는 신부 될 자질이 있다" 하시던 신부님의 말씀을 한번 믿어보자 마음먹었기 때문입니다. 돌이켜보건대 그 신부님을 만나지 않았더라면 나는 사제가 아닌 다른 삶을 살았을 겁니다. 말인즉슨, 남다른 신념이나 열정으로 사제의 길로 들어선 게 아니라는 겁니다.

일에 대한 고민에서 해방되려면 우선 선택의 강박에서 놓여날 필요가 있습니다. 태어나면서부터 무수한 관계망을 만들어가는 인간이 아무런 외적인 영향 없이 오로지 자기 의지로만 일을 선택한다는 것 자체가 착각입니다. 일은 내 일상을 충실히 살아갈 때 어느 날 자연스럽게 찾아옵니다. 마치 배우자를 만나듯, 그 일을 만나게 되는 것입니다.

다만 많이 움직일수록 더 많은 인연을 갖게 되듯, 일을 만날 기회를 많이 가지려면 제자리에 웅크리고 있어서는 안 됩니다. 여기저기 들쑤시고 다니면서 일이 찾아오도록 행동할 필요가 있습니다. 아무것도 하지 않으면 아무 일도 일어나지 않는다는 말도 있지 않습니까.

일의 가치는 '무엇'이 아닌 '어떻게'에 있다

일에 대한 또 다른 환상은 내가 하는 일은 특별한 가치가 있어야 하고, 즐거운 것은 물론 남다른 보람도 따라야 하며, 타인의 눈에도 숭고해야 한다는 생각입니다. 많은 사람이 일에 대한 상(像)을 은연중에 정해놓고는, 지금 하는 일 혹은 앞으로 하게 될 일이 거기에 꼭 맞기를 바랍니다. 이는 일이 내 기준에 맞춰지기만을 바라는, 일종의 자기애에 불과합니다. '나는 이런 일을 해야 한다'는 생각은 결국 '나는 저런 일은 절대 할 수 없다'는 고집과 다르지 않기 때문입니다. 이런 자기중심의 사슬에 묶여 있으면 어떤 일을 하게 되더라도 불만이 생길 수밖

에 없습니다.

어느 일이든 일정한 결과물이 나오기까지 지루한 기다림과 수고가 있게 마련이고, 그 과정에서 뜻하지 않은 괴로움이 따릅니다. 때로 세상과 타협할 상황도 생기고, 그 과정에서 초라한 자기 자신을 만나게 됩니다.

뿐만 아니라 함께하는 사람들에게 적잖이 실망하는 순간을 맞기도 하고, 그 실망은 업에 대한 회의로 이어지기도 합니다. 아무리 좋아 보이는 일이더라도 남은 결코 알 수 없는 어두운 이면이 반드시 존재한다는 얘기입니다.

사제직도 예외는 아니어서, 나는 신학생 시절부터 사제가 되고 처음 몇 년간 내가 꿈꾸던 성직자의 삶과 사뭇 다른 현실에 많은 갈등을 겪었습니다. 새벽 5시 반에 시작되는 숨 막히는 신학교 일과는 당장이라도 담장을 넘고 싶은 충동을 불러일으키곤 했습니다.

더 큰 문제는 사람에 대한 실망감이었습니다. 착하고 바른 사람들만 모인 곳에서 나도 좀 좋은 사람으로 거듭나보자 기대했더니만, 공동체 생활을 위협하리만큼 이기적인 행동을 보이는 동기도 만났고 도무지 스승으로서의 인품은 찾아볼 수 없는 교수신부님도 만났습니다. 사제 서품을 받은 후에도, 자기 안락을 먼저 취하는 성직자들(사실 이 부분에서는 나도 떳떳하지 못합니다)의 모습을 마주하며, 내 일에 회의를 느낀 적도 여러 번입니다.

하지만 그러면서 알게 되었습니다. 사제도 결국 사람이 하는 일이고, 사람이 하는 일은 애당초 완벽할 수 없다는 걸 말입니다. 그런데 신기하게도 오히려 그 뒤 마음이 가벼워졌습니다. 일의 가치란 '무엇'이 아니라 '어떻게'의 문제라는 걸 비로소 알게 되었던 겁니다.

일은 밥 먹고 잠자는 것처럼 일상의 한 부분이 돼야 합니다. 일에 대한 환상과 기대가 클수록 피곤해지는 이유가 여기에 있습니다. 일상의 삶은 내 힘으로 컨트롤할 수 있지만, 환상 속의 삶은 내 주관대로 이끌 수 없습니다. 끊임없이 갈증과 번민만 일으킬 뿐이지요.

사제의 삶을 나의 일상으로 받아들인 뒤, 나는 나만의 방법으로 꽤나 즐겁게 살고 있습니다. 세상 잣대가 어떻든 지금 내가 할 수 있는 일을 찾아서 남 눈치 안 보고 그냥 합니다. 가끔 어렵거나 힘든 순간이 오면, '어떻게 늘 맛난 것만 먹을 수 있겠어?' 하며 웃어넘깁니다. 닥친 문제를 해결하는 데 집중하며, 또 그 순간이 지나가면 금방 잊습니다.

또한 내 능력이 닿지 않는 것은 과감히 포기합니다. 일을 완벽하게 해내겠다는 강박에 사로잡혀 세상과 날 선 싸움을 벌이지 않는다는 얘기입니다. 주어진 일을 일상의 하나로 겸허히 받아들이고, 그 안에서 내가 할 수 있는 최선을 다하는 것. 그것이 바로 일로 인한 고통을 줄이고 즐겁게 일상을 살아갈 수 있는 비결이 아닐까요.

죽을 때까지
건강하고 싶다면

진짜 건강한 삶이란 때로 잠을 못 이룰 만큼 고뇌와 싸우고,

끼니를 거를 만큼 과중한 스트레스와 싸우다 쓰러지는 날이 있어도

마음 안의 꿈과 재미를 좇는 데 있습니다.

몸만 챙기고 마음을 외면하는 건 늙기를 자청하는 겁니다.

사람의 마음은 기계와 비슷해 계속 쓰지 않으면 녹이 슬고 굳어버립니다.

마음을 움직이는 일, 마음이 기뻐하는 일을 찾아 하는 것.

그것이 죽는 날까지 건강할 수 있는 가장 좋은 비결입니다.

얼마 전 일입니다. 한 지인이 찾아와 큼지막한 종이 상자를 내밀었습니다. "코로나 때문에 어수선한데 이럴 때일수록 건강 챙기셔야지요. 면역력에 좋은 겁니다."

아버지에게 물려받은 한약방을 20년 넘게 운영해온 그는 사람들이 전처럼 보약을 먹지 않는다며 다른 일을 알아보고 있었습니다. 그런데 가게까지 내놓고 장사 접을 준비를 하던 차에 갑작스럽게 손님이 몇 곱절 늘었다고 합니다. 코로나 양상이 장기전이 될 기미가 보인 뒤로, 나이 든 노인은 물론 20~30대 젊은 사람들까지 난데없이 몸에 좋다는 보약을 찾기 시작했다는 겁니다.

먼 데까지 무거운 한약 상자를 들고 찾아온 성의가 고맙긴 했지만, 나는 그 보약을 며칠에 걸쳐 만나는 사람들마다 나눠 줬습니다. "이거 하나 먹으면 힘이 반짝 난다니까" 하면서요. 하루 세 끼 잘 먹는 건 물론 되레 영양 과다로 체중이 늘어나는 게 걱정이라면 걱정인데, 그렇다고 받은 선물을 물릴 수는 없지 않습니까. 이왕 받은 선물이니 '마음의 보약' 삼아 사람들과 나누자 싶었지요. 약을 받아든 사람들은 하나같이 앉은 자리에서 한입에 마셔버리고는 활짝 핀 얼굴로 "아 정말 힘이 나는 것 같아요"라며 웃었습니다. 약이 정말 좋아서인지는 모르겠습니다. 하지만 그 한 순간 그들 마음에 힘이 보태진 건 분명한 것 같습니다. 덕분에 내 기분도 좋아졌으니 보약 효과는 톡톡히 본 셈입니다.

건강에 대한 사람들의 착각

한 대학에서 2000년 이후 국내 주요 일간지 기사를 분석해 본 결과 안보·북한·법 등 '삶의 조건'에 대한 관심은 크게 줄어든 반면, 건강·의료·신체 등 '삶의 질'에 대한 관심이 급증했다고 합니다. 사회구조가 복잡해지고 그만큼 불확실성이 증가하는 시대에 살다보니, 더 이상 외부 조건에 시선을 두기보단 개인 각자가 질적인 성장을 이루며 자신의 삶을 가꾸려고 노력한다는 뜻이겠지요. 세대 불문하고 운동을 즐겨 하고, 한 끼를 먹어도 이왕이면 건강한 식단을 찾는 것은 보다 잘살기 위해 응당 지켜야 하는 필수지침이 되었습니다.

그런데 한 가지 의문이 듭니다. 너나 할 것 없이 건강이 중요하다고 말하는데, 대체 건강하다는 게 뭘까요? 사람들에게 물으면 '잘 먹고, 잘 자고, 어디 아픈 구석 없고, 스트레스 관리도 잘하면서 사는 것' 정도로 답합니다. 그렇다면 그 반대로 잘 못먹고, 잠도 잘 못 자고, 만성 질환이 한두 개쯤 있고, 스트레스에 치여 사는 것은 건강하지 못한 걸까요? 실제로 사람들은 그렇게 되지 않으려고 영양제부터 규칙적인 운동, 바른 식습관까지 자기만의 원칙을 세우고 살아갑니다.

하지만 나는 육체적 안녕이 곧 건강을 뜻한다고는 생각하지 않습니다. 아픈 구석 없이 무탈하기를 바라는 건 동물도 매한가지입니다. 몸만 건강하길 바라는 건 곧 동물과 똑같은 만족만 얻겠다는 것과 다르지 않습니다.

더 생각해봐야 할 문제는 육체적 안녕만 추구하는 순간 사사건건 모든 게 걱정거리가 된다는 것입니다. 평소보다 살짝 더먹어도 '이러다 살찌면 어떡하지?', 잠이라도 좀 설치면 '피곤하면 큰일인데', 조금만 마음이 힘들어도 '우울증 검사를 받아야 하나?' 하며 머릿속으로 온갖 걱정거리들을 만들어냅니다. 걱정은 공포로 이어지고, 공포는 망상으로 변질됩니다. 별다른 신체적 이상이 없다 한들 이런 삶이 건강하다고는 말할 수 없습니다.

대체할 수 없는 건강의 조건

갈릴레이-뉴턴-아인슈타인의 계보를 잇는 현대 과학의 대표자 스티븐 호킹은 영국 케임브리지 대학원에서 동료들과 스케이트를 타다가 넘어져서는 제 힘으로 일어서지 못했습니다. 정밀 검사를 통해 루게릭 병 진단과 함께 2년 안에 사망할 수도 있다는 선고를 받았지요. 그의 나이 스물한 살 때 일입니다.

대학 시절 조정 경기에서 키잡이로 활약했을 만큼 건강하던 그에게 이는 사형선고나 다름없었을 겁니다. 병은 빠르게 진행되어 곧 신발 끈을 묶는 게 어려워지고 발음이 어눌해지다가 급기야 지팡이 없이는 걷기조차 힘들어졌습니다.

하지만 아이러니하게도 그의 인생이 빛나기 시작한 것은 불치병 진단으로 신체적 건강을 잃은 그 순간부터였습니다. 사랑하는 여인과 결혼했고, 세 아이의 아버지가 되었으며, 블랙홀과 빅뱅을 증명해 영국왕립학회 최연소 회원으로 선정되었지요.

안타깝지만 그런 중에도 그의 시련은 끝나지 않아 40대에 이르러 폐렴에 걸렸습니다. 다행히 목숨은 구했지만 기관지 절개 수술로 더 이상 말을 할 수 없게 되었습니다.

하지만 그는 유일한 표현수단이었던 목소리마저 잃고 기계음에 의존해 소통하면서도 누구보다 신나고 멋진 삶을 만들어 갔습니다. 예순다섯이던 2007년에는 항공기 보잉727을 개조한 무중력 훈련장비에 오르기도 했고, 2004년과 2014년 두 차례에 걸쳐 자신이 입증한 블랙홀 이론을 다시 수정해내, 여전히 우주로 향한 꿈을 놓지 않고 있음을 증명해 보였습니다. 물리학자, 우주학자 이전에 스스로를 '꿈꾸는 몽상가'라고 칭했던 호킹은 죽기 전에 이런 말을 남겼습니다.

"비록 움직일 수 없고 컴퓨터를 통해 말해야 하지만, 내 마음 안에서 나는 누구보다 자유롭다. 삶이 재미있지 않다면 비극일 것이다."

마음 안에 열정을 갖고 평생 아이 같은 꿈을 간직했던 그는 어느 누구보다 유쾌하고 건강한 삶을 살았습니다. 스무 살 남짓에 시한부를 선고받고 죽는 날까지 제대로 먹을 수도, 걸을 수도, 말할 수도 없었지만 말입니다.

진짜 건강한 삶이란 때로 잠을 못 이룰 만큼 고뇌하기도 하고, 가끔은 끼니를 거를 정도로 과중한 스트레스와 싸우며, 버티고 버티다 지쳐 쓰러지는 날이 있어도 마음 안의 꿈과 재미를 좇는 데 있다고 봅니다. 꼭 거창하지 않아도 좋습니다. 이해타산을 따지지 않고 그저 내 마음이 향하는 일, 결과와 상관없이 시도하는 것만으로 즐거운 일이면 충분합니다. 남과 더불어 나눌 수 있는 것이라면 더욱 좋을 겁니다. 나눌 때 얻는 즐거움과 보람만큼 큰 것도 없기 때문입니다.

사람이 늙는 진짜 이유

작년 크리스마스 때의 일입니다. 성탄절을 맞아 나도 즐겁고 남도 즐거울 일이 없을까 궁리하다가, 미사 때 나를 돕는 복사 아이들과 밴드를 결성했습니다. 성탄 전야 미사 후에 깜짝 공연으로 신자 분들에게 성탄 선물을 하자고 의기투합했지요.

인원 부족으로 리드 기타는 제가 맡기로 하고, 보컬과 드럼, 베이스 기타까지 구색은 맞췄습니다. 하지만 아이들에게 제 몸보다 큰 악기들을 연습시키려니 꽤나 진땀이 났습니다(아시겠지만 초등학생들의 집중 시간은 40분을 채 못 넘깁니다). 게다가 베이스를 맡은 녀석은 기타를 잡아본 적도 없는 아이였지요. 청년 밴드부의 지원까지 받아가며 몇날 며칠을 연습했는지 모릅니다. 가뜩이나 바쁜 12월, 밴드 연습 중에 청탁받은 원고의 마감을 지키느라 밤을 샌 적도 있었지만 희한하게 생체리듬은 어느 때보다 좋았습니다.

그래서 공연은 어떻게 됐냐고요? 자체평가를 하자면 나름 성공적이었습니다. 나와 꼬마 복사들은 미사 때 입은 복장 그대로 악기를 잡았고, 제대 위는 순식간에 공연 무대로 바뀌었지요. 한 달 남짓 연습한 실력이 그렇게까지 출중했다고는 말할 수 없지만, 고개를 까닥이며 열심히 박자를 맞추는 아이들의 모습에 살짝 눈물을 보인 사람도 있었습니다.

무엇보다 난생 처음 밴드 공연을 해본 아이들은 마치 이런 재미는 태어나 처음 느껴봤다는 듯 즐거워했습니다. 혹시 10년쯤 지나 이 아이들 중 누군가 뮤지션으로 이름을 날리게 될지 아무도 모를 일입니다. 행여 인터뷰라도 하게 되면 그 옛날 작은 성당에서 연주했던 게 꿈에 발 딛은 계기가 됐다고 말할지도 모르지요.

소설가 마크 트웨인은 이렇게 말했습니다.

"20년 후 당신은 했던 일보다 하지 않았던 일로 더 실망할 것이다. 그러므로 돛 줄을 던져라. 안전한 항구를 떠나 항해하라. 당신의 돛에 무역풍을 가득 담아라. 탐험하라. 꿈꾸라. 발견하라."

일신의 안위를 걱정하느라 정작 인생의 재미는 포기한 채 살아가는 사람들에게 한번쯤 해주고 싶은 말입니다. 흉하게 늙고 싶은 사람은 아무도 없습니다.

하지만 도전을 포기하는 순간부터 사실상 우리는 이미 흉하게 늙기 시작합니다. 건강한 중년의 뇌는 파릇파릇한 젊은이의 뇌가 할 수 있는 거의 모든 일을 해낼 수 있다는 연구 결과도 있습니다.

진실로 젊고 건강하게 살기 바란다면 몸 생각하기에 앞서 마음을 챙겨야 합니다. 사람의 마음은 꿈과 재미를 먹고 자랍니다. 때로 그것이 육체의 안위를 거스를지라도 마음이 웃을 수 있는 일을 해야 합니다. 이것이 내가 그 흔한 영양제나 보약 한 번 먹지 않고 쌩쌩하게 웃으며 살 수 있는 비결입니다.

가족을 대하는 태도가
그 사람을 말해준다

가족을 가늠하는 척도는 하나입니다.

'고통에 공감하고 이를 함께 짊어질 수 있는가.'

단순한 연민을 넘어 그 불행이 가슴을 찌르는 존재가 가족입니다.

문제는 가족에 대한 선택권이 우리에게 없다는 것입니다.

하지만 가족으로 인한 고통은 내 의지로 선택할 수 없어도,

그 고통을 어떻게 받아들이느냐는 스스로 선택할 수 있습니다.

시련의 고통에 대응하는 방식이 가족과 함께하는 삶의 모습을 결정합니다.

모든 사람은 태어나면서부터 누군가와 연결되어 사는 내내 깊은 인연을 맺게 됩니다. 가장 먼저 부모와 형제 그리고 부모의 다른 혈연들이 있습니다. 성인이 되어 배우자를 맞으면 자녀라는 이름의 혈연을 더하게 됩니다. 혈연 간의 멀고 가까운 관계를 나타내는 촌수(寸數)는 우리나라에서 생긴 말로, 중국도 이런 개념은 우리처럼 발달하지 않아서 촌수라는 한자어가 없습니다.

부부 사이는 한 몸 같다 해서 무촌, 그다음 부모 자식 간은 일촌, 형제끼리는 이촌인데, 우리는 일상에서 굳이 촌수를 호명하지는 않습니다. 사실상 촌수는 삼촌부터 시작하고, 그렇게 촌수를 따지면서부터는 혈연의 농도가 확연히 옅어집니다. 가족이 아니라 친척이라 부르는 관계입니다.

오늘날에 이르러서는 전에 없이 다양한 가족이 존재하지만, 본질은 크게 달라지지 않았다고 봅니다. 가족을 가늠하는 척도는 하나입니다.

'고통에 공감하고 이를 함께 짊어질 수 있는가.'

단순한 연민을 넘어 그 불행이 가슴을 찌르는 존재가 가족입니다. 각각 다른 몸이지만 기쁠 때 같이 기쁘고 슬플 때 같이 슬픕니다. 아니 오히려 더 기쁘고 더 슬픕니다.

문제는 가족에 대한 선택권이 없다는 것입니다. 운에 따라 기쁨이 많은 가정에서 태어날 수도 있고, 슬픔이 많은 가정에서 태어날 수도 있습니다. 불공평해도 너무 불공평한 세상이 엄연히 존재합니다.

나는 슬픔이 많은 가정에서 태어났습니다. 혈혈단신으로 월남한 아버지가 자수성가해 한때 부자 소리를 듣기도 했지만, 내가 태어나던 해에 사업이 망했습니다. 하루아침에 거리에 나앉게 된 우리 가족은 원래 살던 집 근처의 주인이 누구인지도 모르는 땅에 나무로 대충 집을 짓고 살았습니다. 사업에 미련을 못 버린 아버지는 거의 매일 술을 드셨고, 어머니는 남대문 시장에서 장사를 하며 어린 자식들을 키웠습니다. 아버지를 대신해 돈을 벌며 집안 살림까지 도맡은 어머니는 만취해 돌아오는 아버지를 큰 목소리로 힐난했고, 이는 심한 부부싸움으로 이어지곤 했습니다. 그럴 때마다 우리 칠남매는 좁은 방구석에서 오도 가도 못한 채 두려움에 떨어야 했습니다.

어린 나를 더 힘들게 했던 건 상대적 빈곤감이었습니다. 내가 태어난 곳은 허름한 판잣집이었지만 그래도 부자 동네 한 귀퉁이를 차지하고 있던 탓에, 나는 유년기 내내 부자 친구들과 어울려 자랐습니다. 마당 넓은 이층집에 살면서 고기반찬 가득한 도시락을 들고 다니는 친구들 틈에서 늘 주눅이 들었습니다.

그런 마음 때문인지 학교 선생님도 내게 별다른 관심을 보이지 않는 것처럼 느껴졌고, 자신감이 없으니 친구들에게도 늘 무시당하는 것 같았습니다. 가족 모두 각자가 짊어진 삶의 무게로 힘들었기에 형제 사이의 따뜻한 우애도 느낄 수 없었고, 어린 나이에도 가난이라는 꼬리표가 그렇게 원망스러울 수 없었습니다. 한마디로 참 우울한 시절이었습니다.

고통을 피할 순 없어도,
고통을 어떻게 받아들이느냐는 선택할 수 있다

우울한 유년을 보내고 성직자의 길에 들어선 어느 날, 나는 그 시절의 내 괴로움을 가만히 들여다보았습니다. 그 과정에서 당시 내가 우울했던 건 '가난' 자체보다 '가족'이라는 인연 때문이었다는 걸 깨달았습니다. 부모님은 당신들의 운명을 원망하며 우울해했고, 그 영향이 어린 자식들에게도 미쳤습니다. 대체 가족이란 인연이 무엇이기에 마치 감전이라도 된 듯 가족 한 사람 한 사람의 불행이 내 불행으로 전이되는지 이해할 수 없었습니다.

하지만 사제로 한 평생을 살면서 조금씩 깨우치게 된 사실이 있습니다. 가족이라는 인연으로 인한 고통은 내 의지로 선택할 수 없어도, 그 고통을 어떻게 받아들이느냐는 스스로 선택할 수 있다는 것입니다.

웨스트포인트 사관학교와 존스홉킨스 의과대학을 졸업한 후 40여 년간 정신과 의사로 일하며 수많은 사람들을 치유한 고든 리빙스턴은 《너무 일찍 나이 들어버린 너무 늦게 깨달아버린》에서 가족의 인연 때문에 생긴 고통을 털어놓았습니다.

레지던트로 정신분석학을 공부하고 있을 무렵 그는 자신이 입양되었다는 사실을 알게 되었습니다. 그리고 이제껏 친부로 알고 살아온 아버지로부터 500달러에 자신이 매입되었다는 말을 들었습니다. 우여곡절 끝에 찾은 친모는 '너를 임신시킨 남자가 아이를 지우라고 돈을 건넸다'고 말했습니다. 그럼에도 그는 이미 죽은 생부의 사진을 보면서, 원망 대신 '당신의 정열이 빚은 실수에서 뭔가 좋은 일이 생겼다'는 말을 전했습니다. 죽은 생부에게 평화를 주고 싶었기 때문입니다.

하지만 고통은 이것으로 그치지 않았습니다. 출생과 관련한 시련을 딛고 사람을 치유하며 살던 그는 스물을 갓 넘긴 소중한 아들을 잃었습니다. 조울증으로 고생하다가 자살로 생을 마감한 것이지요. 그리고 불과 13개월 사이에 막내아들까지 백혈병으로 세상을 떠났습니다.

슬픔으로 얼룩진 가족사를 죽을 때까지 멍에처럼 지고 가야 했지만 그는 "왜 하필 내게?"라는 질문 대신 "내게 진정 가치 있는 게 무엇인가?"라는 화두를 가슴에 새겼습니다. 자신을 버린 부모에 대한 원망도, 생살을 찢는 듯한 고통을 남기고 떠난 자식에 대한 회한도 겸허히 받아들인 그는 '시련의 고통에 대처하는 방식이 삶의 모습을 결정하며, 용서는 결국 다른 사람이 아닌 나 자신에게 주는 선물'이라는 말을 남겼습니다.

신이 우리에게 가족을 준 진짜 이유

도박에 중독된 동생을 둔 형, 술주정하며 어머니를 폭행하는 아버지를 둔 아들, 매번 사업에 실패하면서 이번 한 번만 도와 달라고 손을 내미는 아들을 둔 아버지, 범죄를 저지르고 형무소에 간 아들을 둔 어머니를 알고 있습니다. 그들은 말합니다.

내 문제라면 오히려 참고 견디겠는데 가족이기 때문에 더 힘들다고.

그러나 나는 그들에게 도망가지 말라고 말합니다. 괴로운 인연을 끊어버리고 싶겠지만, 도망가 봐야 남는 건 자책감뿐 진정한 자유를 얻을 수 없기 때문입니다. 마치 한 송신탑에 연결된 전깃줄 같다고 할까요.

"저 놈 때문에 죽지도 못하고 여태까지 살았어요."

속 썩이는 자식을 둔 어머니 입에서 나온 푸념입니다.

"어머니 죽지 말라고 아들이 속 썩이는 겁니다."

농반진반으로 건넨 말이지만, 나는 그게 정답이라고 생각합니다. '자식 때문에' '부모 때문에' '형제 때문에' 내 인생이 풀리지 않는다고 우울해하지만, 그런 가족이 있기에 놓아버리고 싶은 절망의 순간을 버틸 수 있고, '그럼에도 불구하고' 살아낼 힘을 얻을 수 있기 때문입니다. 누군가에게 반드시 필요한 존재가 된다는 것, 세상에 나 아니면 안 되는 일이 있다는 것. 그만큼 생의 가치를 갖게 하는 것이 또 있을까요.

사람으로 태어난다고 누구나 다 사람으로 사는 건 아닙니다. 돌봐야 할 부모, 서로 아껴줘야 할 형제, 오로지 희생으로 키워야 하는 자식이 있기에 이기적인 인간이 비로소 인격을 이루고 사랑을 배웁니다. 말하자면 가족은 사람을 사람으로 살게 하는 '기본값'입니다.

특히 자식은 미숙한 인간으로 하여금 처음으로 '내 것을 그 냥 내주는 순간'을 경험하게 합니다. 남에게 단 하나도 내주는 법이 없던 사람도 자식에게는 (설혹 애끓는 과정을 거칠지언정) 나를 온전히 내어줍니다. 부족하고 이기적인 존재가 성숙한 인 격체로 거듭나는 겁니다.

혼자 사는 사람이 부단히 노력해야 하는 것도 이 부분입니 다. 사랑하지 않을 때 사람은 한순간에 괴물로 변하기 십상이 니까요. 희생하라는 말이 아닙니다. 오히려 행복해지라는 얘기 입니다. 사람은 내 안의 사랑을 남에게 전할 때 행복하고, 그로 인해 자기 삶의 가치를 찾을 수 있습니다.

사람은 타자와의 사랑 없이 살 수 없는 존재입니다. 고달픈 인생 혼자서 잘 살아보겠다고 아무리 마음먹어도, 가슴 속 갈 증이 채워지지 않는 것은 결국 사랑하지 않아서입니다. 그런 의미에서 보면 너무 밉고 보기 싫은 가족이 어쩌면 신이 우리 에게 준 선물일 수 있습니다.

사는 게 너무 힘들 때 우리가 할 수 있는 일은 묵묵히 버티는 것입니다. 다만 그 시간을 어떤 마음으로 보내느냐가 중요합 니다. 현실을 회피하지 말고 당당히 바라봐야 합니다. 그러면 서 미움 대신 보듬어주려는 마음을 들여놓는 연습을 해야 합니다. 미움은 답이 아닙니다. 인정하고 받아들이는 것이 답입니다. 진정한 사랑은 '견디는 힘'입니다. 그렇게 묵묵히 견디다 보면 가족이라는 전깃줄을 통해 언젠가는 예기치 않은 기쁨과 보람이 찾아옵니다. 그것이 바로 신이 우리 곁에 가족을 머물게 한 이유입니다.

당신이 감당 못할 일은
단 하나도 없다

———————— 위기에 관하여 ————————

걱정으로 잠이 오지 않는다면 스스로에게 물어보십시오.
'이 걱정이 실제 벌어진 문제 때문인가, 아니면 내가 만든 예측인가?'
우리가 하는 대부분의 걱정은 정당한 근거가 있어서가 아니라,
나 자신에 대한 믿음이 부족해 생기는 경우가 대부분입니다.
나만 그런 게 아니라 인간이라면 누구나 그렇습니다.
그러니 몹쓸 상상이 찾아오거든
머릿속 근심을 과감히 시간의 몫으로 던져버리십시오.

많은 사람이 인생을 살면서 도저히 감낭할 수 없을 상황을 만났을 때 종교인을 찾습니다. 그러다 보니 종교인 입장에서는 큰 위기에 직면한 사람들을 자주 만나게 됩니다. 이야기를 들어보면 기가 막힌 사연이 참 많습니다. 중증 장애아를 둔 부모, 사업 부도로 이혼한 것도 모자라 가족이 해체된 가장, 일평생 가정폭력에 시달린 아내 등등 사연마다 숨이 막힐 것 같은 괴로움이 느껴집니다.

그런데 이들의 사연을 들으며 놀라운 공통점 하나를 발견했습니다. 저마다 괴로움을 토로하며 눈물을 흘렸지만, 그들 모두 해답도 알고 있다는 것입니다. 별말 없이 그저 공감하고 들어주었을 뿐인데 그들은 눈물을 흘리는 중에도 앞으로의 대안을 세우고 있었습니다. 그러곤 자신들의 결심에 기도를 부탁하며 자리를 훌훌 털고 일어섰습니다. 세월이 지나 다시 만나면 모두들 잘 극복하고 씩씩하게 살고 있다는 걸 확인할 수 있습니다.

사람은 막상 정말 큰 불행이 닥치면 의연하게 잘 대처합니다. 용기라고는 손톱만큼도 찾아볼 수 없는 사람도 슈퍼맨처럼 씩씩하게 문제를 해결해나갑니다. 그런데 작은 시련에는 오히려 몸 둘 바를 모르고 괴로워하는 모습을 자주 봅니다.

　안정된 직장을 다니며, 맞벌이하는 아내와 함께 아이 둘을 키우는 가장의 이야기입니다. 그는 언제부터인가 아내가 바람을 피운다고 생각하기 시작했습니다. 아내가 취미로 골프를 배우기 시작하면서 초등학교 동창 모임은 물론 각종 골프 모임에서 남자들과 함께한다는 사실을 알게 되었다는 겁니다. 골프가 끝나면 회식 자리에서 술을 마시고 들어오는 아내를 보면서 그는 좋지 못한 상상을 하기 시작했습니다. 상상은 곧 의심이 되었고, 의심이 싹튼 뒤 마음이 괴로워 살 수가 없었습니다. 아니다, 아니다 하면서 어느새 아내의 휴대전화를 뒤져보고, 메시지 내용들을 왜곡하기 시작하더니 언성을 높이다 급기야는 폭력까지 쓰게 되었습니다. 참지 못한 아내는 결국 별거를 선언했습니다.

　아무 증거도 없는 일에 상상력이 더해져 일어난 일입니다. 사과를 하고 다시는 그러지 않겠다는 맹세를 한 뒤 다시 함께 살고는 있지만, 그는 지금도 여전히 하루에도 수십 번 떠오르는 망상으로 괴로워하고 있습니다.

또 한 예가 있습니다. 영상 촬영을 전문으로 하는 사람입니다. 그는 코로나19가 확산되면서 감염될지 모른다는 걱정에 사로잡혔습니다. 자기가 감염되면 함께 사는 부모님을 비롯해 어린 자식도 감염될 거라면서 괴로움을 키웠습니다. 코로나로 영상 작업은 오히려 일거리가 많아졌는데도 쾌재를 외치기는 커녕 일하는 것 자체가 근심이었습니다. 출연자 중에 무증상자가 있을 것 같다는 생각에 출근까지 피하다가 급기야 다른 사람에게 일을 넘기기 시작했습니다. 모두가 함께 겪는 이 위기를 유별나게 두려워한다는 게 스스로 생각해도 어처구니없었지만 그는 여전히 걱정을 놓지 못합니다.

"감염된다는 상상만 해도 숨이 막혀요. 일을 못해도 집에 있는 편이 낫겠어요."

걱정을 현실로 만드는 '같다' 병

걱정과 근심은 사람이라면 누구나 갖는 보편적인 감정입니다. 온갖 위기가 도사리고 있는 현대 사회에서 생존하기 위해 필요한 감정이기도 합니다. 하지만 최근 가족의 붕괴와 경제적 위기, 실직과 취업의 어려움, 거기에 코로나라는 팬데믹까지 겹치면서 일상 대부분을 걱정과 근심 속에 사는 사람이 늘고 있습니다. 문제는 이런 부정적인 감정을 통제하기가 쉽지 않다는 겁니다.

걱정과 근심이 계속될수록 나를 둘러싼 사람과 주변 세상에 대해 비관적인 상상을 하게 되는데, 이런 상상의 저변에는 합리적이지 못한 생각의 틀이 있습니다. 아내가 골프 모임에 참석하는 것을 마치 불륜 현장을 목격한 것처럼 확대해석하거나, 코로나가 확산세라는 이유 하나로 일을 포기하면서까지 고립을 자초하는 것이 그런 예입니다.

"내 능력 밖의 복을 탐하다가 잘못될 것 같았다. 학교나 집안 도움 없이 이상하게 혼자 잘됐는데, 이 성공이 계속되지 않을 것 같아 불안했다. 갑자기 사람들이 무섭게 느껴지고, 누군가 날 찌를 것만 같았다."

한참 왕성한 활동을 하다가 갑자기 활동 중단을 선언한 한 연예인이 인터뷰에서 한 말입니다. 그가 한 말을 가만히 들여다보면 한 가지 특이한 점이 있습니다. '~같다'라는 말을 반복한다는 겁니다. 잘못 될 것 '같고', 성공이 계속되지 않을 것 '같고', 남이 날 찌를 것 '같다'며 상상 속에서 스스로를 괴롭힙니다. 정작 현실에선 아무 일도 일어나지 않았는데 말입니다. 그러고 보면 우리를 두려움에 떨게 하는 괴물은 외부에서 오는 '사건'이 아니라 우리 안에 꿈틀거리고 있는 불길한 '상상'입니다. 벌어지지도 않은 일을 현실로 끌어들이고는 괴로워하는 것이죠. 이런 고민으로 상담을 청하면 우리 종교인들도 몹시 어렵습니다. 있지도 않은 일을 해결해달라고 하면 우린들 달리 뾰족한 수가 없기 때문입니다.

걱정 없는 인생은 없다

불길한 상상이 꼭 나쁜 것이 아닙니다. 30년간 6만 시간 이상 심리 치료에 종사한 크리스 코트먼 심리학 박사는 《불안과 잘 지내는 법》에서 이렇게 말했습니다.

"우리 모두에게는 자기 자신을 실패와 거부에서 보호하려 애쓰는 내면의 파괴자(Internal Saboteur)가 존재한다. 우리는 자신의 체계에 대한 잠재적 위협을 감지할 때 불안해진다. 다시 말해 불안은 실패할 수 있으니 위험하다고 우리에게 알려주는 경고이다."

다시 말해 우리는 상상이라는 기재를 통해, 위험을 감지하고 이미 했던 실수를 반복하지 않을 수 있습니다. 상상 속에 찾아드는 걱정과 근심을 억지로 없앨 필요는 없다는 얘기입니다.

다만 내가 느끼는 불길한 예감이 현재 내게 적절한지 아니면 도를 넘어섰는지 구별할 필요는 있습니다.

그래서 나는 어떤 걱정으로 밤잠을 못 이루는 사람들에게 꼭 묻습니다. "그 걱정이 지금 실제로 일어난 문제입니까, 아니면 당신의 예측입니까?"

문제인지 예측인지 판가름한 다음, 예측이라면 그렇게 생각하게 된 이유를 찬찬히 들여다보라고 말해줍니다. 대부분 그 이유는 정당한 근거라기보다 자기 존재에 대한 확신, 즉 자존감이 결여된 데서 비롯한 경우가 많습니다. 자신에 대한 믿음이 확고하지 않으니, 타인과의 관계도 세상살이도 걱정투성이인 겁니다.

물론 완벽한 자존감을 갖춘 사람은 거의 없습니다. 문제는 존재에 대한 불안감에 말도 안 되는 상상을 하다가 그것이 현실인 양 착각해 걱정을 하는 것입니다. 우리 안에 이런 미숙한 구석이 있다는 사실을 인정하는 것이 중요합니다. 가끔 말도 안 되는 몹쓸 상상이 들면 충분히 그럴 수 있다고 마음 편하게 받아들여야 합니다. 나약하고 불안정한 나를 인정하는 것이 첫 번째입니다. 그리고 이게 비단 나 혼자만의 문제가 아니라는 것을 알아야 합니다. 걱정 없는 인생, 행복하기만 한 인생은 어디에도 없습니다. 겉으로 완벽해 보이는 사람일지라도 밤잠 못 이루게 하는 고민거리를 한두 개씩 안고 살아갑니다. 다만 걱정을 대하는 마음가짐이 다를 뿐입니다. 이들은 안 풀리는 문제는 과감히 시간의 몫으로 던져버리고, 현재 내가 할 수 있는 일에 집중하는 태도를 갖고 있지요.

그러니 답도 없고 원인도 알 수 없는 걱정이 찾아들거든 '아 또 내가 걱정을 하고 있네' '오늘은 이상하게 근심거리가 많은 걸?' 하며 내 머릿속의 걱정과 근심을 한 걸음 떼어놓고 볼 필요가 있습니다. 그래도 마음이 힘들면 가까운 사람에게 내 현재 상황을 솔직하게 털어놓는 것도 좋습니다. 사연을 털어놓는 과정에서 내가 가진 문제를 객관화시켜 보게 되고, 쓸데없이 스스로를 괴롭히고 있는 자신의 모습을 선명하게 알게 됩니다.

무엇보다 여러 상황에 힘든 자신을 조금씩이라도 아끼는 연습을 했으면 좋겠습니다. 걱정과 근심이 빈번하게 찾아드는 건 그만큼 그동안 스스로를 학대하며 고달프게 살아왔다는 증거입니다. 긍정적인 마음, 용기를 내는 의지도 연습과 훈련이 필요합니다. 막상 문제가 닥치면 누구보다 의연하고 대담하게 해결해나갈 수 있는 힘이 우리 모두 안에 있다는 사실을 믿었으면 합니다.

다른 사람이 되려고
애쓰지 마라

—————————— 경계성애 관하여 ——————————

내 행복을 위해 다른 사람의 사랑이 필요하다고 생각하지만

우리에게 정말 필요한 것은 자기 자신의 사랑입니다.

남이 인정하는 내가 아닌, 있는 그대로의 나를 받아들이고 존중하는 것입니다.

그런데 좀 모자라고 어설픈 나를 인정하고 나면 신기한 일이 벌어집니다.

누가 뭐라 해도 휘둘리지 않고 만사가 편해집니다.

단점을 들킬까 봐 조마조마하던 마음도 저만치 사라집니다.

이제 어깨를 펴고 이렇게 외쳐보십시오.

"이게 나다. 그래서 어쩌라고?"

친하게 지내는 스님이 내게 물었습니다. "당신은 누구십니까?" 천주교 신부라는 당연한 답을 들으려는 건 아닐 겁니다. 대답 대신 되물었습니다. "스님은 본인이 누구라고 생각하십니까?"

스님은 답이 없었습니다. 세상살이에 이리저리 휩쓸리다보니 도무지 그 답을 찾을 수 없어 동종업계(?) 종사자인 내게 물었던 겁니다. 속세를 떠나 영성을 추구하는 종교인이 속세 안에서 살면서 길을 잃은 '웃픈' 형국이었습니다.

신부가 되고 얼마 지나지 않아서였습니다. 세간에 이름 꽤나알려진 교수 한 분이 상담을 청했습니다. 말이 좋아 상담이지, 사제서품을 받은 지 고작 두 달밖에 안 된 신출내기 신부 입장에서는 만남 자체가 꽤나 부담스러운 내담자였습니다. 그런 내 속내는 아랑곳없이 그는 땀까지 흘려가며 하나뿐인 아들에 대한 고민을 털어놓았습니다. 아들과 가까워지려고 어떤 노력을 해도 소용이 없다는 것, 무심한 아들에게 너무 서운하다는 것, 어느 때는 아내에게까지 울분을 터트리며 화를 낸다는 것…. 그는 남들 눈엔 인격을 갖춘 학자일지 몰라도 정작 자신은 미성숙하고 비뚤어진 인간이라며 자책했습니다. 하지만 듣는 나는 솔직히 몸 둘 바를 몰랐습니다. 사회 저명인사가 이제 겨우 스물아홉에 불과한 신출내기 신부에게 자신의 치부를 드러내고 조언을 청하고 있었으니 말입니다.

"용기를 내 솔직히 말씀해주셔서 감사합니다."

내 입에서 나온 첫마디였습니다. 그 뒤 무슨 답변을 드렸는지는 기억도 나지 않지만, 그분은 눈물까지 글썽이며 감사하다는 말을 거듭 반복했습니다.

내 의지와 상관없이 그 뒤로도 이런 상황은 반복됐습니다. 어리고 부족한 내게 연세 지긋한 어르신도 사회적 지위가 높은 명사도 모든 걸 내려놓고 위로를 얻어 가곤 했습니다. 어쩌다 함께 식사라도 하게 되면 신부인 나는 가장 높은 상석에 앉아 최고의 대접을 받았습니다. 처음에는 몸에 맞지 않은 옷을 입은 양 불편하고 어색했습니다. 하지만 한 해 두 해 지나면서 이 모든 것을 당연하게 받아들이기 시작했습니다. 어느 때는 내담자의 사연을 듣고 야단을 치기도 했지요. 그를 위한 말이 었지만, 걸러지지 않은 내 언어에 틀림 없이 상처받은 이도 있었을 겁니다.

타인의 인정과 맞바꾼 것

신앙을 가진 사람들이 성직자에게 자신의 치부까지 고백하며 존경심을 표하는 이유는 간단합니다. 그들에게 성직자는 신의 대리자입니다. 인간인 성직자 뒤에 있는 신을 보고 신을 향한 마음을 그에게 전하는 것입니다.

하지만 꽤 오랫동안 나는 그들의 마음을 깨닫지 못하고, 그 정성이 마치 내게로 향한 것으로 착각했습니다. 그래서 그들의 부와 재능을 마치 내 휘하의 것처럼 부리기도 했습니다. 공동의 선익을 위한 것이었다고 해도 교만한 마음이 전혀 없었다고 할 수 없습니다.

그리고 그런 교만한 마음은 나도 모르는 새 내 안에 '허상의 나'를 만들었습니다. 어느 순간부터 나는 남들이 좋아할 거라고 생각하는 신부의 모습을 그려놓고, 그 모습에 맞추기 위해 애를 쓰고 있었습니다. 내가 통제할 수 없는 일에 대해서까지 중압감을 느끼면서 스스로를 괴롭혔습니다.

남에게 인정받는다는 건 분명 좋은 일입니다. '칭찬은 고래도 춤추게 한다'는 말처럼, 타인의 인정과 환호는 스스로 좋은 사람이라는 느낌을 갖게 하고, 그것을 발판으로 좀 더 나은 내가 되기 위해 노력하게 합니다. 그러나 인정 욕구가 지나쳐 그

것을 최우선에 두게 되면 자기가 누구인지, 내가 원하는 게 무엇인지를 점점 잊어버리게 됩니다. 내 목소리에 귀 기울이기보다 남이 내게 바라는 것만 따라가기 때문입니다. 그러다 보니 스스로에게 '그만하면 충분해' '넌 최선을 다 했어' 하는 따뜻한 말을 건네지 않습니다. 대신, 타인에게 인정받기 위해 늘 스스로를 채찍질하며 완벽해지려고 노력합니다. 실패하면 남들이 나를 싫어할 거라는 생각에 작은 실수조차 극도로 두려워하게 됩니다.

인지 행동 치료의 창시자라 일컬어지는 미국의 심리학자 앨버트 엘리스는 인간의 비합리적인 신념 목록에서 '인정받고자 하는 욕구'를 가장 위험한 것으로 여겼습니다. 우리는 행복을 누리기 위해 거의 모든 사람들로부터 인정과 승인을 받아야 한다고 생각하지만, 그런 비현실적인 욕구 때문에 불필요한 고통을 많이 겪습니다.

이 욕구가 비현실적인 이유는 우리는 결코 모든 사람을 기쁘게 할 수 없기 때문입니다. 누구나 자신만의 신념과 가치, 원하는 바가 있는데 어떻게 다른 사람의 마음이 내 마음과 항상 같을 수 있겠습니까. 타인에게 인정받고자 노력하지만, 우리는 그것을 뜻대로 이룰 수 없으며 종국엔 불만과 분노만 남을 뿐입니다.

"그게 나다!"라고 선언하기

사람은 사회적인 존재이기 때문에 사랑받고 인정받는 느낌을 바라는 건 당연합니다. 누군가가 나를 중요하게 생각하고, 이런 저런 관계에서 좋은 이미지로 받아들여지기를 바랍니다. 그러나 이는 사는 데 꼭 필요한 것은 아닙니다. 더군다나 그것이 내 본모습이 아닐 경우, 타인의 인정은 고통과 족쇄가 됩니다.

내 행복을 위해 다른 사람의 사랑이 필요하다고 생각하지만, 우리에게 정말 필요한 것은 자기 자신에 대한 사랑입니다. 남이 인정하는 나, 허상의 나가 아닌 있는 그대로의 나를 받아들이고 존중하는 것입니다. 그래서 나는 늘 자문합니다. '나는 누구인가.' 모든 관계에서 나를 떼어놓고 가만히 나에 대한 정의를 내려 보는 겁니다.

거기에 사람들에게 존경과 찬사를 받는 멋진 신부의 모습은 없습니다. 내가 대단한 사람이라거나, 아니면 대단한 사람이되어야 한다는 생각도 버립니다. 그런 생각이야말로 나를 괴롭히는 지름길이라는 걸 알기 때문입니다. 그런 생각 대신 넘어지기도 하고 성질을 부리기도 하며 게으름과 실수를 반복하는 나를 떠올립니다. 그러고는 속으로 되뇝니다.

'그게 나다. 그래서 어쩌라고!'

그리고 내가 저지른 잘못에 대해서는 자책 대신 이렇게 말합니다. "별 수 없지 뭐. 내 능력 밖인 걸." 내가 그렇다는 걸 편하게 받아들이는 것으로 충분합니다. 세상 누구도 완벽한 사람은 없기 때문입니다.

그런데 이처럼 좀 모자라고 어설픈 자신을 받아들이게 되면 신기한 일이 벌어집니다. 누가 뭐라 해도 휘둘리지 않고 만사가 편해집니다. 단점을 들킬까 봐 조마조마하던 마음도 저만치 사라집니다. 또한 내가 실수하고 좀 잘못해도 생각만큼 큰일이 벌어지지 않는다는 것도 알게 됩니다(생각보다 사람들은 다른 사람의 일에 별 관심이 없습니다).

마음이 불편하고 사는 것이 지친다면, 혹시 자신의 정체성을 잃은 건 아닌지 들여다볼 필요가 있습니다. 그 누구도 아닌 자기 자신에게 물어봐야 합니다.

'나는 누구인가. 정말 내가 바라는 것은 무엇인가. 나를 편안하게 하는 건 무엇인가.'

세상이 내 중심으로만 돌아가기를 원하는 욕심 가득 찬 사람이 되어 있는 건 아닌지, 허위의식이라는 감옥에 스스로를 가둔 채 살고 있는 건 아닌지 생각해보십시오. 어쩌면 나를 해치는 가장 큰 적은 나 자신일지도 모릅니다.

힘든 시기를
잘 이겨내는 법

———————— 불안에 관하여 ————————

불안감은 사람의 이기심을 먹고 자랍니다.
내 안의 불안이 눈덩이처럼 커지고 있다면,
내가 나만 위하면서 내 문제만 해결하려들고 있다는 증거입니다.
눈가리개로 양 옆을 가린 채 앞만 보고 달리는 경주마처럼 말입니다.
나 자신에 머물던 시선을 주변 사람들에게 돌려보십시오.
그도 나처럼 아프다는 걸 깨닫는 순간,
마음 속의 불안은 사랑과 연대감으로 바뀝니다.

작년 봄에 한 방송에 출연해 절체절명의 위기를 어떻게 극복할지에 대해 강연을 했습니다. 세계보건기구(WHO)가 코로나19에 대해 최고 경보 단계인 팬데믹을 선언한 지 보름여쯤 지난 무렵이었습니다. 국내에서도 사망자가 속출하면서 그동안 당연히 누리던 우리 일상에도 적지 않은 파장이 일었지요. 아이들은 학교에 가지 못하고, 출근하던 가장은 사무실 대신 집에서 근무하기 시작했으며, 식당은 전례 없이 일찍 문을 닫았고, 젊은이들로 늘 북적이던 거리에는 적막이 흘렀습니다.

한 번도 겪어보지 못한 위기를 맞아 과연 우리는 어떻게 살아야 할지 모두가 두려워하던 차에, 나는 이런 말로 강연을 시작했습니다.

"사실 제가 여러분 앞에서 고백할 게 하나 있습니다."

방송에 출연하기 두어 달 전, 그러니까 한 지역을 중심으로 코로나가 급증하던 무렵이었습니다. 어느 병원에서 환자가 무더기로 감염됐다는 소식까지 전해지면서 모두가 불안한 마음으로 뉴스에 귀 기울이던 그때, 전화 한 통을 받았습니다.

"신부님, 저희 어머니가 돌아가시려고 해요. 어서 오셔서 병자성사를 해주세요."

병자성사란 위중한 환자가 고통을 덜고 편안한 죽음을 맞도록 하는 가톨릭 성사를 말합니다. 그런데 연락이 온 곳은 하필 코로나 확진자가 집단으로 속출한 병원이었습니다. 순간 많은 생각이 스쳤습니다. '아니, 나더러 그 병원에 오라는 얘기인가? 그러다 감염이라도 되면 어쩌지?' 잠시 고민하던 저는 해당 지역이 속한 성당에 문의하는 편이 좋겠다고 넌지시 일러주었습니다. 마음속으로는 '우리 성당 신자들을 생각해서라도 내가 조심해야지' 하면서요.

그런데 돌아오는 답변이, 마침 월요일이라(사제는 주일미사를 집전하는지라 월요일에 쉽니다) 연락이 닿지 않는다는 거였습니다. 나는 재차, 당신의 어머님이 평소 다니던 성당에 사제가 여럿이니 그곳으로 다시 연락해보라고 일렀습니다.

"신부님, 그 성당에도 신부님이 아무도 안 계신대요."

두 번의 회유 끝에 마지막으로 물었습니다.

"제가 도착하려면 앞으로 세 시간은 걸릴 텐데 그래도 괜찮겠습니까?"

결국 나는 그 길로 경계가 삼엄한 병원으로 향했습니다. 병원 앞에 서서 마음속으로 기도했지요.

'코로나를 피할 수 있도록 도와주십시오.'

그렇게 병실로 들어서서 병자성사를 마쳤습니다.

그랬는데, 바로 다음날 또 다른 전화가 오는 겁니다. 신자 한 분이 돌아가셨는데 병원 영안실로 와서 장례미사를 집전해 달라고 했습니다. 나는 좁은 영안실보다는 공간이 큰 성당으로 고인을 모십사 부탁했습니다. 하지만 유족들의 사정으로, 병원에 다녀온 지 이틀도 지나지 않아 다시 병원으로 향했습니다. 내색은 안 했지만 내 마음은 감염에 대한 두려움이 곱절로 커진 상태였습니다.

복잡한 심정으로 장례미사를 치르고 돌아오는 길에 몹시 부끄러운 마음이 들었습니다. 사람들의 청을 거절하지 않았지만, 이틀간 나는 오직 나 자신만을 위했다는 사실을 비로소 깨달았기 때문입니다.

절체절명의 위기로부터 벗어나는 유일한 방법

사람은 누구나 이기적인 본능을 지니고 있습니다. 나쁜 게 아닙니다. 남보다 나를 위하는 마음, 내 삶이 평안하길 바라는 마음은 나태한 자신을 더 열심히, 치열하게 살도록 이끄는 원동력이 되기도 하지요. 문제는 내 삶의 진정한 안녕과 평화가 어디에서 오는지 모른다는 데 있습니다.

행여 코로나에 걸릴까 싶어 전전긍긍하는 마음으로 사람들을 만났던 나는 이틀 내내 마음 안에 두려움을 안고 살았습니다. 겉으로는 아닌 척했어도 온 시선은 나 자신의 안위에 쏠려 있었고, 그러다 보니 1분 1초가 걱정과 근심으로 꽉 차 있었습니다. 병원을 찾아가면서도 걱정, 사람들 앞에서도 걱정, 집으로 돌아와서도 걱정, 그런 뒤숭숭한 마음에 입맛도 없고 잠도 잘 오지 않았습니다.

만일 나를 찾았던 사람들의 간절한 마음을 먼저 보았더라면, 적어도 그런 두려움 속에 떨지는 않았을 겁니다. 나 자신에게 머물던 시선을 그들에게 돌리는 순간, 마음 속에 불안 대신 아픈 사람들과 함께하는 유대감이 자리했을 테니까요. 진심으로 그들의 마음에 공감하고 따뜻한 말 한마디라도 더 건넸더라면 위로받는 사람들의 모습에서, 그리고 그들에게 진심을 다하는 내 자신의 모습에서 오히려 자긍심과 보람을 느꼈을 겁니다.

잠시였지만 오직 스스로에게만 시선을 두었던 내 모습에 깜짝 놀라 많이 반성했습니다. 전대미문의 재난 때문이었다고는 해도, 돌이켜보면 부지불식간에 내 안위만 위한 적이 그전에

도 없지 않았습니다.

그리고 알게 되었습니다. 그간 인생의 길목에서 시시때때로 찾아오던 불안이 결국 내가 자초한 것이었음을. 또한 각박한 이 세상에서 그래도 용기를 내 힘차게 살아갈 힘을 어디에서 얻을 수 있는지 다시 한 번 확인할 수 있었습니다.

성경에 보면 예수가 물고기 두 마리와 빵 다섯 개로 오천 명이 넘는 사람들을 배불리 먹였다는 이야기가 나옵니다. 예수의 이야기를 듣기 위해 군중이 몰려들었는데 그만 해가 지고 말았습니다. 예수의 제자들은 사람들을 서둘러 귀가시키려고 했습니다. 알려진 대로 이때 예수는 수많은 군중을 먹였고, 후대 사람들은 이 구절을 예수의 신적 능력을 강조하는 이야기로 일컫곤 합니다.

하지만 얼마 전 프란치스코 교황은 이 일화를 다른 관점에서 이야기했습니다. 군중들의 등을 떠미는 제자들을 향해 예수가 "이 많은 사람들이 아침부터 지금까지 한 끼도 못 먹지 않았는가!"라며 연민의 마음을 드러냈다는 것을 강조했습니다. 물고기 두 마리와 빵 다섯 개로 많은 사람들을 먹이고도 남긴 것이 아니라, 그들을 바라보는 연민의 마음 자체를 더 큰 기적으로 바라본 것입니다.

어쩌면 이것은 우리 스스로 만들어낼 수 있는 일상의 기적일지 모릅니다. 나에게서 시선을 돌려 누군가의 아픔에 공감하는 것 말입니다. 그런 삶이 지속될 때 우리의 일상은 나도 모르는 새 변화가 찾아옵니다. 나만을 위하느라 걱정의 노예로 살던 시절에서 벗어나, 상대를 위하면서 스스로 성장해가는 보람을 맛보게 되는 겁니다.

희한하게도 그런 사람에게는 어떤 어려움이 있어도 불안이 찾아들지 않습니다. 똑같은 위기를 맞아도 '내게 큰일이 생기면 어떡하지?'가 아니라 '나도 힘든데 그는 얼마나 힘들까?'를 먼저 생각하기 때문에 마음 안에 불안과 우울 대신 측은지심, 즉 사랑이 자리 잡습니다. 나만을 생각하는 마음이 불면과 짜증, 분노를 유발한다면 남을 먼저 돌아보는 마음은 보람과 기쁨, 희망 같은 긍정의 힘을 가져다줍니다. 상대의 아픔에 공감하고 손 내미는 것 자체가 오히려 상대가 아닌 나를 지켜주는 힘이 되는 것입니다.

자영업자가 자기 사업이 망하는 순간에 느끼는 고통의 크기가 마치 뼈가 부러지는 상황에서 수술도 못한 채 그 아픔이 지속되는 것과 똑같다고 합니다.

타인을 내 마음 안에 들여놓는다는 것은 먼저 그 아픔을 헤아리는 것이라고 생각합니다. 무언가 큰 보탬을 준다기보다, 마음의 고통을 함께 느끼는 거죠. 드라마에 나온 유명한 대사가 있습니다.

"아프냐? 나도 아프다."

별것 아닌 듯 보이는 이 한마디가 위기를 극복하고 불안에서 벗어나는 첫 걸음이 되어줄 거라 생각합니다. 나도 참 힘든데, 너는 좀 어떠냐고 물어보고 싶은 사람을 지금 한번 떠올려보면 어떨까요.

혼자 살아도 사랑만큼은
포기하지 마라

—— 독신에 관하여 ——

왜 사람은 외로울까요?

혼자이기 때문이라는 건 정확한 답이 아닙니다.

혼자든 둘이든 여럿이든 사람은 누구나 외롭습니다.

그런데 이 외로움이란 녀석이 힘을 쓰지 못할 때가 있습니다.

내 곁에 '일상을 나눌 존재'가 함께할 때입니다.

연인이든, 친구든, 자기가 믿는 신이든

나의 이야기를 들어줄 존재가 단 하나만 있어도 인생은 살아갈 만합니다.

"30대까지는 그래도 결혼 생각이 있었는데, 날이 갈수록 내 한 몸 건사하기도 벅차다는 생각에 일만 하며 살았습니다. 친구들은 저를 보고 책임질 처자식 없어 좋겠다, 하고 싶은 거 마음대로 할 수 있어 좋겠다며 부러워합니다. 물론 한편으론 부담 없고 자유로워서 좋았어요. 하지만 언제부터인지 마음이 불안하고, 부쩍 외롭기까지 합니다. 형과 동생은 결혼해서 자기 가족 챙기기 바쁜데, 혼자 계신 어머니마저 돌아가시면 정말 외톨이가 되겠구나 싶어 심란하네요. 앞으로 저는 어떻게 살아야 할까요?"

몇 년 전부터 이런 고민을 많이 듣고 있습니다. 통계청 발표에 따르면 2019년에 1인 가구의 비율이 처음으로 30퍼센트를 넘어섰다고 합니다. 혹자는 이를 두고 결혼해서 고생하느니 차라리 혼자서 폼 나게 살아보겠다는 젊은 층이 늘었기 때문이라고 하지만, 비혼을 오직 개인의 선택으로만 보는 것은 좀 무책임한 해석입니다.

나는 이런 현상이 이 시대가 만들어낸 구조악이라고 봅니다. 개인이 자발적으로 비혼을 선택한다기보단 오직 기능 위주로만 돌아가는 사회구조에 적응하려다보니 부지불식간에 혼자 사는 운명에 처하는 경우가 많다는 겁니다. 개인의 개성이 빛을 발하는 시대라고 해도, 현실에서는 거의 모두가 기계처럼 돌아가는 조직에 묶여 살 수밖에 없으니 말입니다.

가족 모두를 외국에 보낸 기러기 아빠, 회사가 제공하는 기숙사에서 먹고 자는 근로자들, 직장 문제로 서로 떨어져 지내야 하는 주말부부 등등 수치로 집계되지 않는 사람들까지 포함하면 실제로 혼자 살고 있는 사람은 알려진 것보다 훨씬 더 많을 겁니다. 한마디로 지금 우리는 '비혼 유발 사회'에 살고 있습니다. 앞으로는 셋에 한 명은 혼자 살 거라고들 하는데, 그렇다면 독신으로 잘사는 법은 무엇일까요.

독신으로 살아온 지 벌써 30년이 넘은 입장에서 혼자 사는 사람들을 위해 한마디 하자면, 일단 혼자 사는 내 현실을 담대히 받아들일 필요가 있습니다. 사회가 만들어낸 구조악을 두고, 문제의 원인을 자신에게서 찾으려 들거나 자책하지 말라는 얘기입니다. 문제를 곱씹고 해결책을 찾으려 한들 현실은 쉽게 바뀌지 않고 결국 내 마음만 괴롭습니다. 혼자인 것은 잘한 것도 아니고 잘못한 것도 아닙니다. 성공한 것도 아니고 실패한 것도 아닙니다. 그저 혼자 사는 것일 뿐입니다. 거기에 슬픔, 소외감, 초라함 같은 의미를 부여하는 건 내가 나를 괴롭히는 어리석은 행동에 지나지 않습니다.

반대로 화려한 싱글이네, 폼 나는 인생이네 하며 자신을 포장할 필요도 없습니다. 혼자 산다는 건 그렇게 화려한 것도, 폼 나게 하고 싶은 것 다 하며 살 수 있는 것도 아닙니다. 동전의 양면처럼 자기 결정권을 갖고 자유롭게 살 수 있는 반면 감내해야 할 것도 많습니다.

가장 큰 것이 불안과 외로움이라는 반갑지 않은 손님을 더 자주 만나야 한다는 겁니다. 사람으로 태어나 불안하고 외롭지 않은 이가 있겠느냐마는 혼자 살기 때문에 불안과 외로움이 더 크게 느껴지는 건 부정할 수 없는 사실입니다. 이 사회로부터 강요받은 '비자발적인 대가'라 할 수 있지요.

그런 운명을 체념하라는 말은 아닙니다. 불안과 외로움이 꼭 결혼을 통해서 해결되는 건 아니니까요. 물론 인생의 동반자를 만나 이런 부정적인 감정을 함께 나눠질 수 있으면 좋겠지만, 현실이 따라주지 않는다면 주어진 여건 안에서 이를 극복할 방법을 모색하는 것이 현명합니다. 이른바 '비혼의 기술'이 필요하다는 얘기입니다. 내가 생각하는 비혼의 기술은 세 가지로 정리됩니다.

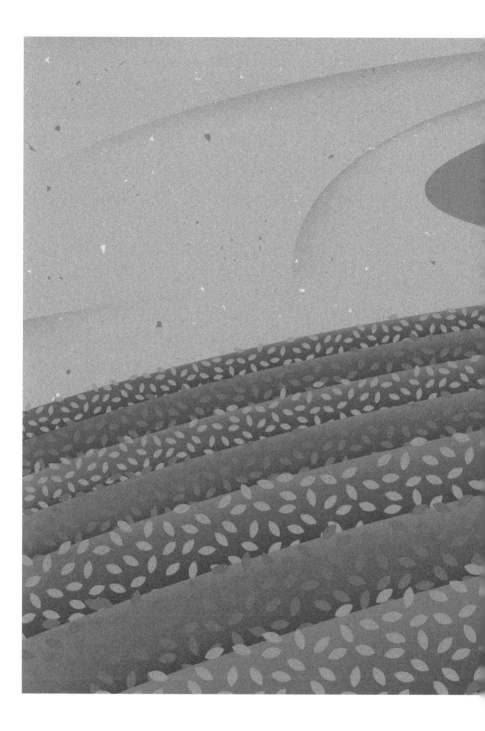

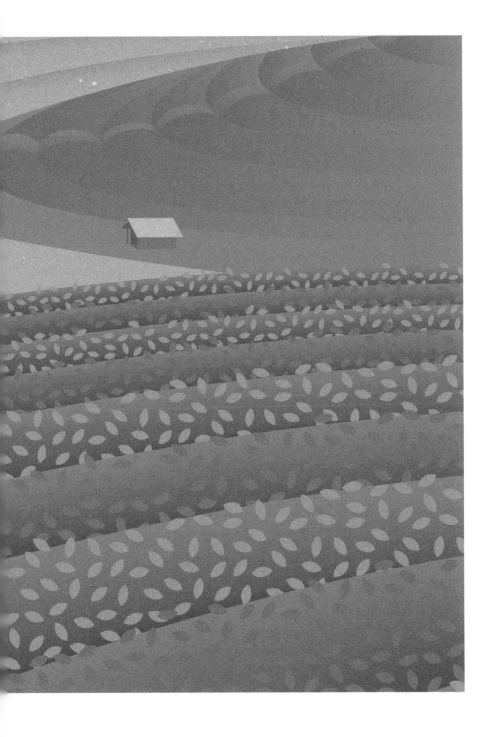

1. 인연이 될 만남을 많이 만들 것

현대 사회의 구조적 문제로 독신이 늘긴 했지만 그런 독신들을 위한 사회적 연결망도 그 어느 때보다 잘 구축돼 있습니다. 병 주고 약 주느냐고 할지 모르지만 이왕 혼자 살 바엔 이렇게 잘 발달된 네트워크를 요령껏 이용하며 살 줄 알아야 합니다. 종교든 취미든 이해타산 없는 순수한 만남을 일부러라도 많이 가져야 한다는 겁니다.

혼자 사는 사람들이 시간적으로나 경제적으로 기혼자보다 여유가 있는데도, 의외로 교류의 폭이 좁은 걸 많이 봅니다. 혼자 있는 시간이 익숙해지고 취미도 혼자 즐기다 보니 어느새 새로운 사람을 만나 어울리기를 꺼리게 되는 겁니다. 누구를 가끔 만나도 전부터 알아온 사람들뿐이지요. 만남과 교류의 폭이 적으면 그만큼 재미있는 일, 깨달음을 줄 경험도 가질 수 없습니다. 발전도 없고 내 삶을 다른 시각으로 바라볼 수도 없게 되지요. 화석처럼 굳는 겁니다.

이혼한 후 10년째 혼자 살고 있는 40대 여성이 있습니다. 일만 하며 살다보니 외롭다고 하길래 지인들과 모임이 있을 때 종종 연락을 했지요. 하지만 그녀는 득이 된다 싶은 자리엔 참석하고 크게 득 될 게 없다 싶은 모임엔 나오질 않았습니다. 먼저 연락을 해온 적도 없고, 어쩌다 모임에 나와서도 좌중을 훑어보고는 핑계를 대며 금세 자리를 뜨곤 했지요. 그런 일이 반복되다 보니 연락은 점점 뜸해졌고, 이제는 소식조차 모르고 살게 되었습니다. 어딘가에서 계속 외로워하며 지내겠지요.

나는 지금도 계속 새로운 사람을 만납니다. 한두 번 만나고 마는 사람도 있지만, 계속 인연을 이어가는 사람도 많습니다. 재미있는 건 내가 정말 필요할 때 도움을 주는 사람은 지척의 지인보다 막 새 인연을 쌓아가기 시작한 이가 더 많다는 겁니다. 그렇게 맺은 작은 인연이 또 다른 인연을 불러오기도 하고 말입니다. 혼자일수록 뻔하다, 재미없다 피하지 말고 한 발자국 움직여 많은 사람들과 다양한 만남을 만들 필요가 있습니다.

2. 베푸는 기쁨을 경험할 것

2004년부터 저는 장애청소년 합창단 '에반젤리'를 꾸려오고 있습니다. 장애를 가진 아이들이 음악을 통해 자존감을 회복하고 당당하게 살아갈 수 있도록 도움을 주자는 마음 하나로 배우 손현주 씨와 의기투합했지요. 17년이란 세월을 지나는 동안 많은 사람들로부터 도움의 손길을 받았습니다.

그중 한 분은 창단 이래 지금까지 에반젤리의 살림살이부터 아이들의 생활까지 모두 챙겨가며 자신의 온 시간을 내어주고 있습니다. 오십 대 중반의 독신 여성으로 혼자 있는 시간을 즐기거나 노후 준비에 신경을 쓸 법도 한데, 온 시선이 아이들에게로 향해 있지요. 그녀는 말합니다. 아이 하나하나마다 작은 일까지 챙겨가며 살다보니 도무지 외로움이 비집고 들어올 틈이 없다고.

아이 각자의 삶에 깊게 들어가 마음을 함께 나누면서 그녀의 삶은 오히려 더 충만해졌습니다. 꼬맹이 때 만난 아이가 어느덧 자라, 이제는 그녀를 도와 다른 어린 아이들을 보살펴줍니다. 그 모습을 바라보는 그녀의 얼굴이 얼마나 행복해 보이는지 옆에서 지켜보는 이마저 절로 미소 짓게 됩니다.

사람들은 그녀를 두고 "혼자 사니까 저럴 수 있다" "나는 저렇게는 못 한다"고들 합니다. 하지만 과연 그럴까요? 그녀처럼은 아니더라도 남을 생각하고 돌보는 마음이 없으면 사실 결혼생활도 어렵습니다. 외로워서 짝을 찾았는데, 막상 결혼하고 보니 자기 시간을 배우자와 가족에게 쓰는 일로 갈등을 많이 합니다. 평생 서로가 가진 것을 나누며 살아야 하니, 결혼생활이 원만할 수 없지요. 결국 혼자 있을 때 남을 위하지 못하는 사람은 결혼을 해도 못 산단 얘기입니다.

나이가 들수록 아이들로부터 힘을 더 얻게 된다는 이 여성분은 늘 아이들에게 뭔가 해주려고 애씁니다. 신기한 건 스스로 돌보지 않는 그녀를 다른 이들이 더 잘 챙긴다는 겁니다. 의도치 않았겠지만 그녀의 모습이 다른 사람들에게 좋은 전염이 된 듯합니다. 그래서인지 그녀를 도와 17년간 아이들을 함께 보살펴온 봉사자들은 서로 간의 유대감이 여느 가족보다 더 했으면 더 했지 부족하지 않습니다. 각자의 이득을 위한 모임에서는 찾아볼 수 없는 배려로 이인삼각 경기를 하듯 함께 도와가며 성장하고 있지요.

타인을 생각하거나 무언가를 베풀 때 "내가 왜 이 일을 하지?"라고 묻는 대신 "내가 왜 이 일을 못 하지?"라고 스스로에게 물어보십시오. 첫 번째 질문은 내 행동에 부정적인 의미를 두는 반면 두 번째 질문은 내가 가진 능력, 내 힘을 되짚어보게 합니다. 마음먹으면 충분히 할 수 있는 것을 다른 핑계로 피하고 있다는 걸 깨닫게 해주지요.

한번 시도해보십시오. 새로운 걸 시도하는 건 누구에게나 어렵습니다. 하지만 딱 한 걸음만 내딛으면 그다음은 미처 몰랐던 다른 힘들의 도움을 받게 될 것입니다. 선한 마음은 어떤 형태로든 되돌아오게 마련이며, 내 마음 안에 있는 수많은 불안의 불씨들을 잠재워줍니다.

3. 일상을 나눌 존재를 찾을 것

왜 사람은 외로울까요? 혼자이기 때문이라는 것은 정확한 답이 아닙니다. 혼자든 둘이든 여럿이든 사람은 누구나 외롭습니다. 그 외로움을 어떻게 받아들이고 대응하느냐의 차이가 있을 뿐입니다. 그런데 이 외로움이라는 녀석이 전혀 힘을 쓰지 못할 때가 있습니다. 내 곁에 '일상을 나눌 존재'가 함께할 때입니다.

부부가 함께 있어도 외로운 것은 서로 가감 없이 일상을 나누지 못해서입니다. 결혼 초기엔 두 사람이 마치 한 몸인 것처럼 서로의 일상을 공유하지만, 시간이 지나 감정이 식으면 함께 있어도 일상을 나누지 않게 됩니다. 시시콜콜한 나의 모든 것을 기쁘게 나누던 시절을 잊어버린 겁니다. 그렇게 서로 격리된 시간이 오래되면 함께 있어도 외로움이 찾아듭니다. 그러다가 외로움을 도무지 참을 수 없어 시선을 밖으로 돌리게 됩니다. 내 일상을 나눌 다른 사람을 찾는 겁니다. 흔히 말하는 불륜이라는 것도 대부분 부부가 서로의 일상을 나누질 않는 데서 비롯합니다. 오늘 하루는 어땠는지, 밥은 잘 먹었는지, 어떤 일이 있었으며 골치 아픈 문제는 어떻게 해결했는지 등 작고 평범한 일상을 공유하지 않는다면, 그것은 한 집에 있어도 함께 사는 것이 아닙니다.

그런 의미에서 나는 특히 혼자 사는 사람들에게 일상을 나눌 존재를 찾으라고 조언하곤 합니다. 아침에 눈을 떴을 때 나의 안녕을 전하고, 하루 동안 벌어지는 크고 작은 일들에 대해 속삭이며, 잠들기 전 굿나잇 인사를 나눌 그런 존재 말입니다.

30년 넘게 혼자 살면서 아침에 눈을 뜰 때마다 나는 신에게 인사를 합니다. 오늘 하루 일과를 되뇌며 말을 겁니다.

"오늘은 좀 어려운 모임이 있네요. 그래도 피하지 말고 만나야겠죠?" "날씨가 참 좋습니다. 오늘 하루 힘내서 살아보겠습니다!" "오늘은 좀 피곤하네요. 일찍 들어와서 쉬어야겠어요."

혹시 급하게 나서느라 인사를 놓칠까 봐 부엌 가스레인지 위에 '오레무스(Oremus)'라는 문구를 적어두었습니다. 라틴어로 '기도합시다'라는 의미입니다. 믿는 자에게 기도란, 결국 내가 믿는 신과 나누는 일상의 대화입니다.

저녁에 들어와서도 마찬가지입니다. 잘 다녀왔다고, 오늘 하루 잘 보냈으니 편히 잠자리에 들어야겠다고 하루를 마무리하는 인사를 합니다. 성호를 그으며 내 일상을 함께할 존재를 느끼는 것입니다. 그것이 바로 내가 생각하는 진짜 기도이며, 컴컴한 방에 혼자 들어와 불을 켜도 외롭지 않은 이유입니다.

그래서 나는 종교의 가치가 절대자인 신을 믿고 바라는 바를 얻는 것에 있다기보다, 외로운 나의 일상을 나눌 대상을 얻는 데 있다고 봅니다. 불안하고 외로운 삶에서 평생 배신하지 않고 나의 일상을 나눌 존재가 있다는 것. 그만으로 마음이 얼마나 든든한지 모릅니다. 혼자 사는 사람들이 한번쯤 고민해봐야 할 지점이지요.

그러니 지금 마음 안에 외로움이 감돈다면 나에게 과연 평생 함께할, 일상을 나눌 존재가 있는지 자문해보십시오. 만일 그런 존재가 없다면 내 외로움의 이유가 어디에 기인한 것인지 더 깊이 고민해봐야 합니다.

이별이
사랑의 끝은 아니다

―――――― 상실에 관하여 ――――――

많은 사람이 이별을 두려워합니다.
그래서 어떤 이는 사랑 앞에서 냉소적인 태도를 보이기도 합니다.
하지만 사랑과 이별은 우리의 의지와 상관없이 찾아옵니다.
이별의 고통을 피하려고만 한다면 사랑을 통한 성장도 이룰 수 없습니다.
그러니 상실의 슬픔을 두려워하지 마십시오.
그리고 나를 만나는 모든 사람들이 나와 헤어질 때
지금보다 더 행복해질 수 있도록 노력하십시오.

5년 전에 처음으로 내 책을 냈습니다. 성당 담장 밖에서 수많은 사람을 만나면서 세상살이가 만만치 않음을 체감했고, 부족하나마 그들에게 힘을 보태고 싶은 마음에 용기를 냈지요. 탈고하던 날 원고 제일 첫머리에 이렇게 썼습니다.

'돌아가신 길홍균 신부님께 이 책을 바칩니다.'

내가 성직자의 삶에 발을 들여놓도록 손을 내미신 그분을 나는 '아버지신부님'이라고 불렀습니다. 그분을 만나지 못했더라면 신부가 되지도, 책을 쓸 생각도 감히 하지 못했을 겁니다. 책이 막 인쇄되어 세상에 나왔을 때 묘소로 찾아가서는 "저 그래도 아주 잘못 살지는 않은 것 같습니다" 하며 부끄럽게 보여 드렸습니다.

50여 년 전 그분이 내게 처음 건넨 말이 아직도 생생히 기억납니다.

"너는 참 훌륭한 신부가 될 수 있을 텐데…."

깜짝 놀랐습니다. 당시 나는 스스로를 보잘것없는 존재라 여겼고 그런 탓에 늘 자존감이 부족했습니다. 특별히 공부를 잘하는 것도, 인물이 좋은 것도 아니어서 친구들 사이에서도 늘 뒷전이었습니다. 성당을 열심히 다녔지만 주일학교 시간엔 부잣집 아이들에게 기가 죽어 조용히 지낼 뿐이었습니다.

그랬던 내게 어느 날 뜻하지 않은 일이 벌어졌습니다. 성당의 가장 큰 어른인 신부님이 사제가 되면 어떻겠느냐고 손을 내민 겁니다.

나를 향한 따뜻한 그 눈길은 어린 내 마음을 관통했습니다. 생전 받아보지 못한 사랑을 느꼈고, '내가 그래도 좀 괜찮은 사람이지 않을까?' 하는 생각을 처음 갖게 되었습니다.

"제가 신부가 될 놈으로 보이세요?"

흔들릴 때마다 나는 물었고, 그때마다 그분은 "그럼!" 한마디로 내 의심을 일축했습니다. 어떻게 아셨는지 어려운 형편에 무사히 입시를 치를 수 있게 학원비를 손에 쥐어준 이도 그분이었습니다. 결국 나는 무사히 신학대학에 들어갔고, 9년이라는 긴 시간 끝에 신부가 될 수 있었습니다.

하지만 안타깝게도 그분은 사제복을 입은 나를 보지 못했습니다. 사제서품을 받기 꼭 1년 전에 조용히 하늘나라로 떠나셨지요. 스물여덟 청년이던 나는 그렇게 내 인생에 가장 큰 흔적을 남긴 이별을 맞았습니다.

슬픔을 우회해서 가는 길은 없다

슬픔은 피하려야 피할 수 없는 삶의 주제입니다. 슬픔을 피해갈 수 있는 사람은 단 한 명도 없습니다. 그중 우리를 가장 절망에 빠트리는 것이 사랑을 상실하는 데서 오는 슬픔입니다. 성직자로 살면서 수많은 상실의 현장을 목격했습니다. 헤어진 연인, 서로 갈라선 부부, 부모 형제를 떠나보낸 유족, 자식을 앞서 보낸 부모까지 상실에서 오는 슬픔은 하나같이 사람을 절망의 늪으로 빠트렸습니다. 또한 그들은 모두 "왜 내게 이런 일이!"라고 울부짖으면서 돌이킬 수 없는 지난날을 자책했습니다.

스물여덟의 나도 다르지 않았던 것 같습니다. 신부님을 땅에 묻고 돌아선 순간 갑자기 눈물이 쏟아졌습니다. 주체를 못해 집으로 돌아오는 차 안에서 내내 목 놓아 울었던 기억이 아직도 생생합니다. 그런데 눈물은 다음날도 그 다음날도 멈추지 않았습니다. 어느 날인가는 출근하는 아빠와 떨어지기 싫어 떼를 쓰는 돌쟁이를 보고, '너는 그래도 저녁이면 아빠를 다시 볼 수 있지 않느냐!' 하며 길바닥에서 멈춰 선 채 눈물을 쏟기도 했습니다. 이래선 안 된다는 걸 머리로는 알겠는데, 내 감정은 의지를 벗어나 아무 때고 나를 송두리째 흔들었습니다. 참아도 참아지지 않았고, 피하려 할수록 슬픔은 발목을 잡았지요. 이성과 감정을 오가며 힘겹게 싸우기를 며칠, 갑자기 이런 생각이 들었습니다.

'슬픔을 우회해서 가는 길은 없구나. 슬픔에서 벗어나려면 도망가지 않고 똑바로 통과하는 방법뿐이구나.'

그 뒤 나는 망가진 감정의 기제가 제자리를 찾을 때까지, 애써 참으려 하지 않고 그저 성심껏 슬퍼했습니다. 슬픔에 충실했다고 할까요. 절망과 고독이 따랐지만, 내 마음이 저 밑바닥까지 내려앉는 것을 고스란히 받아들였습니다. 그런데 시간이 흐르면서 놀랍게도, 슬픔과 함께 찾아들었던 죽음과 상실의 고통스러운 이미지가 그분이 생전에 보여준 온화한 기억들로 조금씩 바뀌어가는 것을 느낄 수 있었습니다.

아마 그때부터였을 겁니다. 나는 이별과 상실의 고통으로 슬퍼하는 사람에게 울지 말라는 말을 함부로 하지 않습니다. 내 마음에 찾아든 슬픔에게 충분한 시간을 허락해야 한다는 것을 경험했기 때문입니다. 그 과정이 꽤나 고통스러운 건 분명하지만, 머물 시간을 충분히 주지 않는 한 상실로 인한 슬픔은 결코 사라지지 않습니다. 또한 절망과 고독 속에 홀로 슬픔의 터널을 통과해야 하지만, 그 끝에는 내가 혼자가 아니라는 깨달음이 기다리고 있습니다. 내 슬픔에 빠져 아무것도 보지 못하는 동안 누군가는 그런 나를 말없이 지켜보고 있었음을 깨닫게 됩니다.

상실의 고통이 우리에게 알려주는 것

안타깝게도 우리는 무언가를 잃고 나서야 그것이 얼마나 소중한지, 그리고 헤어짐 앞에 우리가 얼마나 무력한지 깨닫게 됩니다. 하지만 슬픔이 크다는 건 그만큼 자신에게 큰 사랑이 머물렀다는 증거입니다. 깊은 절망의 터널을 통과하며 우리는 그 사실을 확인하게 됩니다.

나는 지금도 마음이 울적할 때 길홍균 신부님 묘소를 찾습니다. 묘소 앞에서 그 옛날 그랬던 것처럼 여전히 마음으로 웁니다. 그분을 흙에 묻고 흘린 첫 눈물이 더 이상 함께할 수 없다는 부재의 아픔이었다면, 지금 흘리는 눈물은 받은 사랑을 돌려드리지 못한 데서 오는 회한의 울음, 그리고 그분처럼 타인을 온전히 사랑할 수 없음에서 오는 반성의 울음입니다.

하지만 우는 중에 다시 깨닫습니다. 부족한 내가 누군가로부터 그토록 따뜻한 사랑을 받았고 그 사랑은 여전히 나를 살리고 있다는 것을 말입니다.

사람은 헤어져야만 비로소 그 진가가 드러납니다. 이별을 통해 비로소 사랑의 소중함을 깨닫고, 이전에는 미처 알지 못했던 그의 세계로 들어갈 수 있습니다. 부재의 아픔에 힘겨워했던 나는 떠난 그분의 내면에 비로소 들어섰음을 조금씩 깨닫고 있습니다. 그렇게 떠난 이와 함께 일상을 살아갑니다. 사랑은 이렇게 함께할 때보다 떠나갔을 때 그 가치를 발합니다. 상실이 주는 귀한 선물이라고 할 수 있겠지요.

마더 테레사는 이렇게 말했습니다.

"당신을 만나는 모든 사람이 당신과 헤어질 때는 더 나아지고 더 행복해질 수 있도록 하라."

사랑의 가치를 깨닫고 난 다음 해야 할 일은 내가 받은 사랑을 누군가에게 되돌려주는 일입니다. 지금 내게 허락된 사랑이 있다면, 최선을 다해 사랑해야 합니다. 최선을 다한 사랑은 헤어진 뒤에도 우리 곁에 남아 앞으로의 삶에 따뜻한 버팀목이 되어주기 때문입니다. 사랑을 준 사람에게도, 사랑을 받은 사람에게도.

돈, 뜨겁고
치열하게 사랑하라

어차피 돈 없이 살 수 없는 세상이라면 돈을 제대로 사랑하며 사십시오.
이왕이면 도전적으로, 최선을 다해 열심히 돈을 버십시오.
돈 때문에 생기는 여러 가지 문제는 인생을 힘들게도 하지만
보다 단단한 사람으로 탈바꿈하는 성숙의 발판이 되기도 합니다.
스스로 독립적인 사람으로 거듭나게 하고,
더 큰 이익을 위해 현재의 안락을 유보하는 인내를 알게 해주지요.
이런 경험이 거듭될수록 내가 좀 괜찮은 사람이라는 자긍심도 생깁니다.

세대 상관없이 요즘 사람들의 가장 큰 관심사는 '돈'입니다. 저축하는 법, 좋은 부동산 고르는 법, 주식 투자하는 법 등등 돈 버는 정보가 넘쳐나고, 직업을 선택하거나 심지어 결혼 상대를 구할 때조차 경제력이 제1의 선택 기준이 되는 세상입니다.

그런 세상을 부정할 수는 없습니다. 돈이 인생의 많은 문제를 해결해주는 유용한 수단임은 분명하기 때문입니다. 어려운 사람들을 돕고 바른길로 인도하는 사제의 본분조차 경제력으로 인해 그 영향력이 달라지는 것이 현실입니다. 그래서 나는 후배 신부들에게 사제도 경제 공부를 해야 하고, 분수껏 돈 벌 궁리를 해보라고 종종 귀띔합니다.

문제는 'Why'의 부재입니다. 돈이 무엇인지, 돈을 왜 벌어야 하는지, 더 구체적으로 돈과 행복 사이에 어떤 상관관계가 있는지를 생각해보지 않고 무조건 '많이'만 외치는 사람들이 너무 많습니다. 덮어놓고 돈에 집착하다간 돈을 얻는 게 아니라 되레 돈에게 발목을 잡혀 피폐한 인생을 살게 된다는 걸 간과한 채 말입니다.

돈이 많아도 갈증을 느끼면 가난하고, 돈이 없어도 여유를 가지면 부자다

나는 돈 문제로 고민하는 사람들에게서 돈에 대해 이중적인 모습을 많이 봅니다. 마음속 깊이 돈을 갈구하면서도, 그런 진짜 속내를 솔직하게 인정하지 않는 것이지요. 일종의 자기미화라고 할까요? '남들은 다 그래도 나는 안 그래' '나는 그런 속물이 아니야' 하며, 돈에 연연하지 않는 척합니다. 또한 돈의 가치를 부정하는 사람일수록 돈 많은 사람들을 만날 때, 매의 눈으로 자기보다 열등한 구석을 찾아내려고 애를 씁니다. 학식이 부족하다, 인성이 떨어진다, 명품만 찾는다며 내심 속물 취급합니다. 이때 꼭 등장하는 말이 '부자가 하늘나라에 들어가는 것보다 낙타가 바늘귀를 빠져나오는 것이 더 쉽다'는 성경 구절입니다.

어디 가서 말실수하지 말라는 차원에서 한 말씀 드리자면, 하늘나라는 부자들의 것입니다. 다만 그 부자는 전래동화에나 등장하는 돼먹지 못한 부자가 아닙니다. 돈 버는 일에 최선을 다해 땀 흘릴 줄 아는 사람, 그렇게 취한 것을 다시 나눌 줄 아는 사람, 작은 선의가 더 큰 호의로 돌아온다는 걸 체험으로 아는 사람, 어떤 위기 상황에서도 스스로 만족하며 다시 일어설 줄 아는 사람, 그래서 가진 것과 상관없이 마음이 풍족한 사람들입니다. 돈의 가치를 잘 알고 정말 값지게 부릴 줄 아는 사람들, '얼마'가 아닌 '어떻게'에 의미를 둔 진짜 부자들입니다.

반대로 돈이 많든 적든 마음의 여유라곤 눈곱만치도 찾을 수 없이 늘 돈을 부여잡고 있다면 가난한 사람입니다. 먹고사는 데 큰 지장이 없는데도 늘 돈에 굶주린 '거지근성'을 가진 사람들, 가지면 가질수록 되레 욕심만 늘어 평생 돈 갈증에 시달리는 사람들입니다. 하늘나라는 절대 구경 못할 가짜 부자들이지요.

엄밀히 말해 돈은 교환을 위한 도구에 불과합니다. 돈 자체는 아무것도 아니며, 돈의 가치는 어디에 어떻게 쓰느냐로 결정됩니다. 이를 모르고 돈을 신격화하면 그때부터 불행한 인생, 망한 인생이 시작됩니다.

돈을 잘 벌고, 인생의 윤활유로서 적절하게 사용하려면 일단 돈에 대한 이중적 태도를 버려야 합니다. 무의식으로는 돈을 갈구하면서도, 한편으론 돈의 가치를 부정하는 그런 태도 말입니다. 돈을 부정하지 말고 솔직하게 대할 때, 비로소 돈 문제로부터 자유로워집니다. 있는 힘껏 최선을 다해 돈을 벌고, 또 그렇게 벌어들인 돈으로 내 집 곳간이 아니라 마음을 채울 줄 알아야 합니다. 그렇지 않으면 언제든지 돈에 배신당할 수 있고, 돈 때문에 불행해질 수 있다는 생각에 늘 돈을 갈망하게 됩니다.

돈을 제대로 사랑하라,
이왕이면 간절하고 치열하게

상사의 괴롭힘 때문에 도저히 직장을 다닐 수 없다는 가장을 만난 적이 있습니다. 그는 새로 부임한 상사가 사사건건 인격적으로 모독하고, 중요한 업무는 다른 직원에게 넘기는 통에 허드렛일만 한다고 했습니다. 일이 아무리 고되어도 나는 회사에 꼭 필요한 사람이라고 자부하며 밤샘 근무도 마다하지 않았는데, 날이 지날수록 자신이 아무런 존재가치가 없는 것 같아 출근길조차 지옥이라고 하더군요. 그러면서 한마디 덧붙였습니다.

"하루 종일 서류 정리나 하면서도 군말 않고 출근하는 게 그

깟 돈 때문이라고 생각하니, 제 자신이 너무 한심해요."

그의 말을 가만히 듣고 있다가 이렇게 되물었습니다.

"그 돈으로 지금까지 아이 분유 값, 기저귀 값 댔잖아요. 한 생명을 먹여 살리는 값진 용도로 썼는데, '그깟 돈'이라니요?"

나는 우리가 누군가와 함께 먹고살기 위해 돈을 버는 것, 그 자체만으로 큰 가치가 있다고 생각합니다. 그 대상엔 가족은 물론 나 자신도 포함됩니다. 그런 의미에서 돈을 소중히 여기는 건 속물적인 태도가 아니라 진정한 자기 성숙을 이룬 사람의 당당함이라고 할 수 있습니다.

내 생명을 건강하게 유지하는 것의 가치, 내 가족을 먹여 살리는 것의 가치를 아는 사람은 자신 있게 "돈이 참 좋다"고 말합니다. 그리고 그 돈으로 어떻게 더 좋은 일을 만들어낼지 꿈꿉니다. 그러니 머릿속에선 돈 벌 궁리가 계속 떠오르고, 그걸 하나하나 실천해가면서 행복을 느낍니다. 돈 버는 과정 자체를 즐기니 통장 잔고가 바닥이어도 툭툭 털고 다시 일어납니다.

현대의 기부 왕으로 꼽히는 빌 게이츠와 워런 버핏의 롤 모델로 알려진 척 피니(찰스 F. 키니)는 돈밖에 모르는 사람이라는 비난을 받던 사람이었습니다. 미국의 한 경제지에서 '돈만 아는 억만장자' 1위에 뽑히기도 했지요. 하지만 그가 운영하던 면세점이 세무조사를 받는 과정에서 미국이 발칵 뒤집혔습니

다. 그가 15년간 무려 4조 5천억 원이나 기부해왔다는 사실이 밝혀진 겁니다. 악랄하다는 평가를 받으리만치 돈을 무섭게 벌어왔던 그는 이렇게 말했습니다.

"돈은 너무 매력적입니다. 하지만 신발 두 켤레를 한꺼번에 신을 수는 없지요."

15달러짜리 플라스틱 시계를 손목에 차고, 부인과 함께 임대 주택에 사는 그는 지금도 1달러 한 장 허투루 쓰지 않을 만큼 돈을 소중히 여긴다고 합니다. 돈의 가치를 잘 알고, 그것을 내 삶 안에서 제대로 활용할 줄 아는 겁니다.

앞서 퇴사를 고민하던 가장은 그 뒤로 직장을 잘 다니고 있습니다. 내가 땀 흘려 버는 돈이 자신과 가족의 삶을 지켜준다고 생각하니, 상사가 아무리 괴롭혀도 별로 화가 안 나더랍니다. 허드렛일조차 귀하게 여겨지고, 상사의 시비에 "네 맞습니다" 하며 웃어넘기는 여유까지 생겼다나요. 돈과의 관계 회복이 사람과의 관계도 회복시킬 줄 몰랐다며, 그간 스스로 자초한 괴로운 생각을 꽤 많이 떨궈냈습니다.

어차피 돈 없이 살아갈 수 없는 세상이라면, 돈을 제대로 사랑하며 살았으면 좋겠습니다. 이왕이면 도전적으로, 최선을 다해 열심히 버십시오. 돈의 가치를 바로 알고 제대로 사랑하게 되면 생각보다 많은 것을 얻을 수 있습니다.

돈 문제로 생기는 여러 가지 경험은 인생을 혼란하게 만들기도 하지만, 나약한 인간을 성숙시키는 계기가 되기도 합니다. 실패한 원인을 돌아보게 하고, 스스로 독립적인 사람으로 거듭나게 하며, 고난을 뛰어넘게 합니다. 또한 더 큰 이익을 위해 지금 당장의 안락을 유보하는 인내를 알게 하고, 우선순위를 두고 용기 있는 결단을 내리게 하지요. 돈이 가져다주는 긍정적인 경험입니다. 이런 경험이 거듭될수록 내가 좀 괜찮은 사람이라는 자긍심과 용기가 함께 자랍니다.

재밌는 건 돈이란 녀석이 생각보다 순진한 구석이 있어서 자기를 귀하게 여기는 사람 곁에 오래 머문다는 점입니다. 사람처럼 감정을 지녔는지, 손에 쥐고만 있으면 답답해서 뛰쳐나가려고 하고, 대인배처럼 놓아주면 다른 돈까지 데리고 다시 찾아옵니다. 돈을 사랑하되 집착하지는 말아야 하는 이유, 때로 좋은 마음으로 베풀 줄 알아야 하는 이유입니다.

부모라도 나를 함부로 대할 권리는 없다

—— 가족 갈등에 관하여 ——

아무리 부모라도 자식에게 부당한 요구를 할 권리는 없습니다.
자식도 마찬가지입니다.
부모에게 무조건적인 희생을 바라서는 안 됩니다.
만일 '가족'이라는 이유로 부모 형제에게 계속 상처받고 있다면
용기 있게 선을 그을 줄도 알아야 합니다.
화목한 가정은 안 싸우는 집이 아니라,
현명하게 잘 싸우는 집입니다.

"신부님! 괴로워 죽겠어요."

독신으로 60년을 어머니와 함께 살아온 어느 여성의 간절한 호소입니다. 2남 1녀의 막내로 태어난 이 여성은 두 오빠가 결혼해 각자 가정을 이룰 때까지 집안 살림을 도맡아 하며 부모 슬하에 살았습니다. 가정을 돌보느라 혼기까지 놓쳤지만, 어렵게 모은 돈으로 작은 전셋집을 마련할 수 있었습니다. 하지만 결혼한 두 오빠의 사업자금으로 부모님 집이 날아가고, 본인 집에서 또다시 부모님을 모시게 되었습니다. 얼마 뒤 아버지가 돌아가시고 홀로 된 어머니를 모신 세월이 20년. 하지만 어머니는 하나뿐인 딸의 고생은 아랑곳없이 두 아들 편만 들며 욕설로 상처를 주곤 했습니다. 세월이 지나 두 오빠도 제법 경제적 여유가 생겼지만, 독신으로 사는 여동생이 어머니를 모시는 게 당연하다며 외면했습니다.

괴로움을 견디다 못해 어머니를 요양시설에 모시거나 형제끼리 돌아가면서 부양하자고 운을 뗐지만 오빠들은 "혼자 살면서 어머니도 못 모시느냐" "조카들 보기 민망하지도 않느냐"며 그녀를 나쁜 사람으로 몰아갔습니다. 친척들도 자식 된 도리에 어떻게 홀어머니를 요양원에 보낼 생각을 하느냐며 아픈 말을 퍼부었습니다. 너무 오래 속을 끓이다 보니 이제는 소화제와 두통약 없이 살 수 없다는 그 여성은 한눈에 보기에도 우울감이 깊어 보였습니다. 당장에라도 쓰러질 것처럼 위태로워 보이는 그 여성에게 나는 딱 한마디만 했습니다.

"나쁜 딸 되세요."

안 싸우는 게 아니라, 잘 싸우는 게 답이다

사람이 맺는 여러 관계에서 무조건적인 희생이 가능한 관계가 가족입니다. 이해타산 없이, 때로 내가 손해를 보더라도 기꺼이 감내할 수 있는 관계가 부모 자식, 형제입니다. 사람으로 태어나 사랑하고 사랑받는 것이 무엇인지를 깨닫게 하는 원천이기도 하지요. 하지만 진정한 사랑은 어느 한쪽의 강압적인 희생이 따라야 하는 가치가 아닙니다. 상대의 고통이 너무 아프고 힘이 들어, 차라리 나를 내어주어서라도 그 고통을 덜어주고 싶을 때 비로소 그 관계를 사랑이라 말할 수 있습니다. 그래서 진정한 사랑은 내 희생이 억울하지 않고 오히려 삶의 보람으로 느껴지게 합니다.

나쁜 딸이 되라는 말을 들은 그 여성은 감사하다는 말을 연신 되뇌며 한참 동안 눈물을 쏟아냈습니다. 20년 넘게 여러 신부님에게 괴로움을 호소했지만 "주님께서 주신 십자가입니다. 기쁜 마음으로 지고 가세요." "괴로움을 참고 견디면 더 큰 보상이 따릅니다"라는 말을 들었고, 그때마다 하늘이 무너지는 것 같은 절망을 느꼈다고 합니다. 물론 다른 신부님들의 조언이 잘못된 말은 아닙니다. 단, 평생을 고통 속에 살다가 이제는 숨조차 쉬기 어려운 지경에 이른 이 여성에게 적용되는 것이 아니었을 뿐입니다.

긴 시간 다른 형제를 대신해 어머니를 모셔왔지만, 이 여성의 마음 안에 남은 것은 사랑으로 인한 보람과 에너지가 아니라 회환과 후회뿐입니다. 지금 해야 할 일은 원망으로 무너진 자기 자신을 회복하고, 사랑은 찾아볼 수 없게 된 관계를 처음부터 다시 만들어가는 것입니다.

스스로를 지키면서 보다 건강한 관계를 만들려면 무작정 참고 견디기보다 잘 싸우는 법을 알아야 합니다. 자기감정에 솔직해지는 것입니다. 물론 그 과정에서 마찰이 생기기도 합니다. 하지만 그런 마찰조차 자연스러운 현상입니다. 그래서 나는 가족 문제로 힘들어하는 사람들에게 종종 말합니다. 진짜 화목한 가족은 안 싸우는 가족이 아니라, 잘 싸우는 가족이라고 말입니다.

사실 아무리 화목해 보여도 갈등이 없는 집은 없습니다. 어느 한쪽의 일방적인 희생이 없는 한 싸움을 피하기 어렵고, 설혹 누군가 맹목적으로 희생한다 해도 결국 부작용이 따릅니다. 극단적인 경우엔 서로 뿔뿔이 흩어져 원수처럼 지내게 되기도 하지요.

그러니, 참고 지내면 나아질 거라는 환상부터 버려야 합니다. 변화를 위해 필요한 것은 '인내'가 아닌 '행동'입니다. 감당하기 어려운 문제일수록 빨리 그것을 인정하고 이를 해결하기 위해 서로 노력해야 합니다. 가족끼리 잘 싸운다는 건, 어느 한 쪽이 우위를 점령하는 게 목적이 아닙니다. 잘 싸우는 건 가족으로 서로 사랑하며 살기 위해 무엇을 배려하고 양보해야 하는지 알기 위해서 싸우는 것을 말합니다. 상처주기 위한 싸움은 안 좋은 일이지만, 더 사랑하기 위해 싸우는 것은 꼭 필요합니다. 상처가 곪아 터져 더 이상 어떻게 해볼 도리가 없는 상황에 이르기 전에 말입니다.

지혜로운 분리가 필요한 순간

아들 하나를 둔 평범한 30대 가장이 아버지 문제로 고민이 있다며 상담을 청해왔습니다. 위로 누나만 둘인 그는 아들이 라는 이유 하나로 어릴 때부터 아버지로부터 많은 혜택을 누려왔습니다. 하지만 단 한 번도 아버지에게 따뜻한 사랑은 느끼지 못했습니다. 하루 열두 번은 호된 꾸지람을 들었고 손찌검을 당한 적도 여러 번이었습니다. 그러다 결혼을 했고 아들을 얻었습니다. 손주에게는 좀 다를까 싶었으나 아버지의 폭언과 폭력은 어린 손주에게까지 이어졌습니다. 아들에게까지 대물림되는 폭력에 그는 더 이상 참지 못하고 분노를 터뜨리고 말았습니다.

정신분석학의 창시자 프로이트에 따르면, 어린 시절에 받은 상처는 성인이 되어서도 일상 속에서 재현된다고 합니다. 풀지 못한 상처가 열등감으로 남아 자신의 아이나 배우자에게 되풀이되는 겁니다. 현재의 가족에게 억눌려온 감정이나 욕구를 해결하고자 하지만, 내 안의 열등감과 상처를 바로 보지 않는 한 고통은 반복됩니다.

정신과학에서는 마음의 병을 바로 인식하고 받아들이는 것을 '병식(Insight)'이라고 합니다. 폭력과 폭언이 계속된다면 이를 단순히 가족 간의 갈등으로 받아들일 것이 아니라, 치료해야 할 문제로 인식해야 합니다. 하지만 대부분의 경우 문제를 가진 당사자는 물론, 그로 인해 고통 받는 가족들도 이를 깨닫지 못한 채 끝없이 참기만 합니다. 문제는 폭력과 비난이 계속될수록, 받아들이는 사람이 이를 점점 믿게 된다는 겁니다. 오랜 시간 남편의 폭력에 시달려 온 아내가 나중에는 그 폭력을 아무 저항 없이 받아들이면서 '나는 맞아도 되는 사람'으로 인식하게 되는 것이죠.

어느 병이든 참는다고 저절로 낫지는 않습니다. 마음에 생긴 고장은 특히 더 그렇습니다. 그래서 나는 폭력이나 알코올 중독, 게임 중독 등의 문제로 오랜 시간 괴로워하는 가족들에게 말합니다. 갈등이 아닌 병으로 인식하고, 병이 치료될 때까지 분리의 시간을 가지라고 말입니다.

치료해야 할 환자 곁에서 싸우고 갈등을 일으키는 건, 본인도 함께 환자가 되겠다는 것과 다르지 않습니다. 오랜 시간 억눌려온 탓에 두려움이 크다면, 적극적으로 주변의 도움을 요청할 필요도 있습니다. 그렇게 가족을 괴롭히며 폭군으로 군림하던 부모나 형제가 종교인이나 학식을 갖춘 전문가 앞에서 순한 양처럼 돌변하는 경우도 꽤 많습니다.

부모나 형제, 자식으로 인해 오랜 시간 힘겨운 생활을 해온 사람들에게 이런 말을 해주고 싶습니다. 늘 함께 있으면서 보듬고 아껴주는 것만이 사랑이 아니라고 말입니다. 때로 사랑은 냉정하고 용기 있는 결단을 필요로 합니다. 더 깊은 결속을 위해 현명한 분리를 강행해야 할 때도 있는 법입니다.

어차피 백 년을
살아야 한다면

──────────── 나이 듦에 관하여 ────────────

나이가 들수록 꼭 갖춰야 할 삶의 기술은 정견(正見),

즉 '바르게 자신의 참 모습을 아는 것' 입니다.

나이 든 자신을 똑바로 마주하면서

젊음에 대한 미련, 지위에 대한 집착, 쓸데없는 권위의식 등

불필요한 노욕의 잔가지들을 쳐내야 합니다.

속이 빈 고목에 작은 들짐승과 곤충이 찾아들 듯

노욕을 비워 품이 넓은 사람 곁에는 자연스럽게 사람이 모이게 마련입니다.

"신부님이 힘들지 않으세요? 이제 그만 들어가서 쉬셔
야죠."

최근 들어 저녁 모임에서 이런 말을 곧잘 듣습니다. 특히 젊
은 친구들과 함께할 때 그렇습니다. 자리가 좀 길어진다 싶으
면 꼭 누군가 시간을 재차 확인하며 안색을 살핍니다. 괜찮으
니 신경 쓰지 말라고 몇 번 말하다가 결국 내가 먼저 나서서
"오늘은 이만 하고 다음에 또 봅시다!" 하고 자리를 파합니다.
택시에 오르는 내 등 뒤로 "신부님, 연락드릴게요. 다음에 또
봬요"라며 이구동성으로 인사들을 하지만 다음에 연락하는 사
람은 사실 드뭅니다. 언제부터였는지, 대부분 내가 먼저 일일
이 연락해 날짜와 장소를 잡고 사람들을 불러 모으지요.

성당 주임 신부 노릇에 여러 대외행사까지 바쁘게 뛰어다니
는 나를 생각한 배려임엔 틀림없지만 못내 서운한 마음이 드
는 건 어쩔 수 없습니다. 장소부터 모이는 멤버까지 내 딴엔 두
루두루 신경 써서 자리를 마련했는데, 묘하게 선을 긋는 듯한

느낌이 드는 건 내 착각일까요. 하지만 쓸쓸한 기분도 잠시, 혼자 히죽 웃고 맙니다. 그들에게서 젊었을 때 내 모습이 보이기 때문입니다.

신학대학을 거쳐 사제가 되기 전까지 몇 년간 신부님을 모시고 살았습니다. 천둥벌거숭이였던 내게 성직자의 길을 권유하셨던 그분의 삶을 잘 배워야겠다 싶었지요. 하지만 막상 함께 살아보니 '어휴' 하는 한숨이 절로 나왔습니다. 구멍 난 양말과 낡은 양복 두 벌로 평생을 사신 삶의 태도에는 절로 고개가 숙여졌지만, 이십 대의 자유롭고 혈기왕성한 예비 사제가 그대로 따르기엔 사실 좀 버거웠습니다.

"이놈아, 멀쩡한 물건을 왜 버려? 그게 다 우리 성당 할머니들 쌈짓돈으로 마련한 건데!"

"바깥 봉사도 좋지만 절대 기도는 빼먹지 마라!"

평생을 성실한 사제로 사신 어른의 가르침이니 그 말씀에 사족을 달진 않았지만, 속으론 늘 불만이 가득했습니다. 참다 참다 나중엔 표정으로 다 드러났지요. 댓 발 나온 입으로 뭘 시켜도 미적대면서 따에는 반항을 좀 했습니다. 싫은 티가 표 나게 드러난 내 표정을 그분이 못 봤을 리 없습니다. 한편으론 가슴 깊이 존경하면서도 다른 한편으론 '나는 신부님처럼 꽉 막히게 살진 말아야지' 하며 그분 눈을 피해 요리조리 도망도 많이 다녔습니다. 성당 청년들과 몰려다니며 재미있는 건 나 혼자 누렸던 것이 사실입니다.

그때의 나를 떠올리면 지금 만나는 젊은 친구들은 그래도 양반이라는 생각이 듭니다. 부르면 싫은 티 한번 없이 한달음에 달려와서 함께해주니 말입니다. 하지만 사람의 욕심은 끝이 없는지라 '먼저 좀 연락하지' '나도 좀 껴주지' 하는 아쉬움은 쉽게 사라지지 않습니다. 하지만 딱 거기까지입니다. 이쯤해서 물러서지 않고 내 자리를 고집하는 건 노욕(老欲)입니다.

몸은 변하지만 나는 변하지 않는다는 비극

인간의 발달이론에서 '불가역성'이라는 말이 있습니다. 발달이 일단 이루어지면 이전 단계로 되돌아가는 일은 일어나지 않고, 새로 맞은 단계에 머물거나 다음 단계로 나아간다는 뜻입니다. 성장기의 인간을 설명할 때 쓰이는 말이지만 노년기도 다르지 않습니다. 어떤 노력을 기울이더라도 한 번 시작된 노화를 되돌릴 수는 없습니다. 잠시 좋아져도 그것은 순간적인 호전일 뿐 큰 그림에서는 결국 내리막길이며, 이런 흐름을 거스르는 사람은 단 한 명도 없습니다.

비극은 머리로는 이를 이해해도 마음으로는 받아들이지 못한다는 겁니다. 일종의 인지부조화라고 할까요. 내가 인식하는 나와 실재하는 내가 다른 겁니다.

고백소에서 만나는 노인들이 공통적으로 털어놓는 비밀은 일흔, 여든이 넘어서도 자신은 변하지 않는다는 것입니다. 거죽은 볼품없어도 마음은 소싯적 그대로라며, 이런 자신을 이해해주지 않는 주변 사람들에게 분노와 원망을 쏟아냅니다. 하지만 '나는 변하지 않았다'는 생각 자체가 바로 나이 듦의 증거입니다. 늙어가는 자신을 직면할 용기가 없어 나이를 거부하는 겁니다.

내 나름대로 정의를 내려보자면 '늙은이'는 '늘 그런 사람'입니다. 쇄국 정책을 펴듯 마음의 빗장을 걸어 잠그고는 응당 거쳐야 할 변화를 온몸으로 거부하는 사람이지요. 재산이나 지위, 심지어 성욕까지 과시하면서 타인으로부터 자신의 건재함을 확인하려 듭니다. 나이 든 대접은 받고 싶어 하면서도 노인 소리 듣는 건 죽기보다 싫어하니, 어느 누가 그 변덕을 좋아하겠습니까.

나이가 들수록 꼭 갖춰야 할 삶의 기술은 정견(正見), 즉 '바르게 자신의 참 모습을 아는 것'입니다. 나이 든 자신을 똑바로 마주하면서 젊음에 대한 미련, 지위에 대한 집착, 쓸데없는 권위의식 등 불필요한 노욕의 잔가지들을 쳐내야 합니다. 물론 그 과정은 쉽지 않습니다. 내 안에 여전히 존재하는 욕구를 쳐낼 때 느끼는 좌절감은 미끄럼틀과도 같아서 밑도 끝도 없이 사람을 바닥으로 떨어뜨립니다. 따라서 좌절감에 쉽게 미끄러지지 않도록 스스로 통제하는 훈련을 계속해야 합니다. "어쩔 수 없지 뭐" 하며 좌절을 견디는 내성을 키우는 것입니다. 하지만 이때의 "어쩔 수 없지"는 백기를 들고 포기 선언을 하는 게 아닙니다. 내가 느끼는 감정을 있는 그대로 인정하고, 받아들이는 걸 뜻합니다. 한번 좌절스러운 상황을 받아들이고 나면 늘 부정적이던 생각도 조금씩 바뀝니다.

그렇게 취할 건 취하고 버릴 건 과감히 버린 사람의 얼굴은 무척이나 편안합니다. 속이 빈 고목에 작은 들짐승과 곤충이 찾아들 듯, 노욕을 비워 품이 넓은 사람 곁에는 자연스럽게 사람들이 모이게 마련입니다.

돌려받지 못하는 일을 많이 하라

만나는 사람마다 내게 묻는 말이, 어떻게 그렇게 많은 사람들과 친분을 쌓을 수 있느냐는 것입니다. 주변에 사람들이 넘

쳐나 외로울 틈이 없을 것 같다며 부러워들 하지요. 마치 내가 남다른 인품에 인생을 훌륭하게 살아서 저절로 사람들이 모인다고 짐작하는 듯합니다. 하지만 사실 늘상 사람들이 나를 찾는 건 아닙니다. 오히려 먼저 연락해 만나자고 하는 건 내 쪽입니다. 그렇게 어느 한 사람과 연락이 닿으면 그 자리에 합석할 또 다른 사람을 찾습니다. 이미 약속을 잡은 이와 안면이 있는 사람도 좋지만, 서로 모르는 사이더라도 좋습니다. 그렇게 또 새 인연을 만들 수 있으니까요. 언젠가는 생면부지인 사람들을 한꺼번에 불러 모은 적도 있습니다. 그이들을 전부 아는 사람은 나 하나였습니다.

나를 좀 아는 사람들은 약속 장소에 모르는 사람이 동석해도 불편해하지 않습니다. "신부님 덕분에 좋은 사람을 알게 됐네요" 하면서 오히려 신기해하고 재미있어 합니다. 그러다가 나중에는 자기들끼리 소식을 주고받으면서 인연을 쌓아갑니다. 함께 취미 생활도 하고 여행도 다니면서 말입니다.

사람을 곁에 머물게 하는 가장 좋은 방법은 받을 생각 하지 말고 먼저 손을 내미는 것입니다. 마음과 시간을 내어주라는 얘기입니다. 먹고사느라 바빠 얼굴 볼 틈이 없다고들 하지만, 사실 시간이 없어서가 아니라 마음이 없어서 못 만납니다. 아무리 바빠도 삼시 세끼 밥은 챙겨 먹고 살지 않습니까. 그래서 나는 웬만해선 혼자 밥을 먹지 않습니다. 사석에서 함께 밥을 먹다 보면 자연스럽게 속내가 오가고, 미처 몰랐던 상대방의 사연을 듣게 됩니다. 그때 내가 하는 일이란 그저 들어주는 것입니다. 낯빛이 좋지 않을 때 빼놓고는 꼬치꼬치 캐묻지 않습니다. 묻지 않아도 조금 있으면 스스로 얘기를 털어놓는데, 그때도 일단 입을 다뭅니다(사실 입이 근질거려 참고 있기가 참 어렵습니다). 소통에는 훈수보다 공감이 훨씬 효과적이라는 걸 경험으로 알기 때문입니다.

나이가 들수록 입은 다물고 지갑을 열라고 하지만 박봉의 성직자에게 큰돈이 있을 리는 만무하니, 식사는 그저 소박한 백반 한 끼면 충분합니다. 반주 한 잔 곁들일 수 있으면 더할 나위 없겠지요. 그리고 함께한 사람들이 불편하지 않게 "밥값은 n분의 1로 합시다!" 하고 먼저 얘기합니다.

거창하게 뭔가 계획을 세워 만날 생각을 하지 말고, 바로 지금 휴대전화를 들고 그간 소식이 뜸한 사람, 근처에서 만날 수 있는 사람에게 연락해보십시오. 다만 그때는 상대에게 기대하는 마음이 없어야 합니다. 받을 생각 말고 먼저 주겠다는 생각이 없으면 사람을 곁에 둘 수 없습니다. 좀 지치기도 하고 어느 땐 서운한 마음도 들지만, 별다를 게 없는 이 작은 습관이 내가 많은 사람과 즐겁게 살 수 있는 비결입니다.

감정이 태도가
되지 않게 하라

────────── 편교와 집기에 관하여 ──────────

기호는 언제든 바뀔 수 있지만 가치는 쉽게 바뀌지 않습니다.

바뀌지 않는 가치 문제를 두고 감정을 실어 대응하는 것은

내 안에 화를 심겠다는 선언과 다르지 않습니다.

신념이 다른 누군가와 계속 부딪친다면, 괴로운 건 결국 나입니다.

잠 못 드는 것도 나고, 울화가 터지는 것도 나입니다.

답 없는 문제에 매달려 스트레스를 받거나 고민할 이유가 없다는 얘기입니다.

가끔 신부도 군대 가느냐는 질문을 받습니다. 사랑과 평화의 상징인 사제가 군복 입고 총 쏘는 훈련을 한다는 게 영상상이 안 가나 봅니다. 하지만 천주교의 모든 신부는 신학생 시절에 의무적으로 군대에 다녀옵니다. 심지어 두 번 가는 사람도 있는데, 학부 때 현역사병으로 만기 제대했어도 사제가 된 후 군종신부로 지명받으면 다시 장교로 입대해 평균 3~4년을 보내야 합니다. 흔히 말하는 '입대 영장 다시 받는' 예비역의 악몽이 현실이 되는 거죠.

하지만 나는 학부 2년이 끝나갈 무렵 마침내 영장을 받아들고는 설레서 잠이 안 올 지경이었습니다. 새벽잠도 1시간은 더잘 수 있지, 지도 신부님 눈치 안 봐도 되지, 때맞춰 기도 안 해도 되지, 라틴어 책들과도 당분간 안녕이지… 그렇게 좋을 수가 없었어요.

생각대로 군 생활은 모든 면에서 수월한 듯했습니다만 미처 예상 못한 문제에 부딪쳤습니다. 출신부터 학력, 가치관, 정치 성향 등 뭐 하나 같은 구석이 없는 사람들과 꼬박 3년을 함께 해야 한다는 게 여간 곤욕이 아니었습니다. 더군다나 예비 사제라는 입장 때문에 시비의 도마 위에 오르곤 했는데, '에이, 맞장 한번 떠?' 했던 적이 한두 번이 아닙니다. 상대도 그렇고 나도 그렇고 입으로는 정의 운운하며 옳고 그름을 따졌지만, 돌이켜 보면 그건 단순히 감정 싸움일 뿐이었습니다.

하지만 그도 길지 않았습니다. 볼때기가 떨어져나갈 것 같은 혹한기 훈련이나 눈물 콧물 다 빼는 유격 훈련을 몇 번 같이 겪고 나니 당장 옆에 있는 내무반 식구만큼 힘이 되는 사람이 없더군요. 서로 다른 종교 문제로 티격태격하던 동기와도 고맙다, 힘내라는 말을 주고받으며 '그동안 나만 옳은 줄 알았구나' 하는 생각에 반성도 많이 했습니다.

가치 문제에 감정을 섞지 마라

세계 종교학자들에게 한국은 참 신기한 나라입니다. 가톨릭이든 개신교든 불교든 어느 한 종교가 그 나라의 대표 종교인 경우가 일반적인데, 세계적으로 유일무이하게 한국은 가톨릭과 개신교, 불교 세 종교가 비등비등하게 자리 잡고 있습니다. 부모님은 절에 다니는데, 자식들은 각자 성당과 교회에 다니는 경우도 적지 않습니다. 여기에 하나 더, 정치적 입장은 또 왜 그리 제각각인지 부모 자식 간, 형제간에 서로 다른 정치 성향을 보이는 경우도 허다합니다.

"시어머니는 자꾸 절에 가자고 하시지, 시아버지는 선거 때만 되면 본인이 지지하는 정당을 찍으라고 강요하시지, 성말 힘들어 죽겠어요. 정치나 종교는 서로 존중해줘야 하는 게 아닌가요? 나이 드신 어른들에게 이해를 바라는 건 아니지만, 제 스트레스는 어떻게 해야 할지 모르겠어요."

인류 역사가 끝나지 않는 한 계속될 문제가 정치 싸움, 종교 싸움일 겁니다. 보수냐 진보냐로 척지는 고부간도 많이 봤고, 종교 문제로 명절이면 꼭 험한 말이 오가는 경우도 많이 봤습니다.

그런데 한번 생각해보십시오. 어느 맥주를 선호한다, 커피 취향이 어떻다, 어느 배우를 좋아한다 하는 문제를 두고 다투지는 않습니다. 좀 불편할 순 있어도 '아, 이 사람은 저런 취향을 가졌구나' 하고 오히려 상대를 더 잘 이해하는 계기로 삼습니다. 상대의 기호로 인정하는 겁니다.

하지만 희한하게 종교나 정치, 즉 신념이나 가치관이 서로 다를 땐 일단 내 주장을 관철시키려고 듭니다. 기호 문제는 감정 없이 받아들이면서, 가치 문제는 유독 감정을 싣는 겁니다. 기호는 언제든 바뀔 수 있지만 사실 가치는 쉽게 바뀌지 않습니다. 바뀌지 않는 가치 문제를 두고 감정을 실어 대응하는 것은, 내 안에 화를 심겠다는 선언과 다르지 않습니다.

나이 드신 시어머니가 절에 한번 가자고 할 때 못 이기는 척 한번쯤 가보면 좀 어떻습니까. 성당 다니는 신자분들이 이런 고민을 할 때, 나는 그냥 이웃 종교 공부하는 셈치고 다녀오라고 합니다. 기왕이면 절에 가는 시어른이 무슨 마음인지, 가서 어떤 기도를 하는지 잘 살펴보라고도 합니다. 부처님이 말하는 자비나 하느님이 말하는 사랑이나 큰 그림에선 다를 게 없으니까요.

또 하나 생각해볼 문제도 있습니다. 어쩌면 절이 싫은 게 아니라, 그냥 시어머니가 싫은 건 아닌가 하는 겁니다. 괜히 종교를 앞세워, 상대에 대한 미운 마음을 포장하는 건지도 모른다는 겁니다.

하느님이든 부처님이든 종교 문제로 가까운 사람들과 다툼을 벌인다면 아마도 "내 핑계 대지 마라"고 하지 않을까 싶습니다. 실은 내 안에 미움이 가득한데, 이를 인정하지 않고 상대가 그르다고 탓하는 건 아닌지 경계하라는 말입니다.

정치 문제도 그렇습니다. 서로 간의 정치적 입장 차를 존중

해주는 건 사실 남녀노소를 불문하고 쉽지 않은 일입니다. 기분 좋은 술자리에 정치적 견해차로 고성이 오가는 경우가 얼마나 많습니까. 말이 좋아 토론이지 결국 감정싸움으로 치닫다가 다시는 못 볼 사이가 되는 예가 너무 많습니다.

나와 다른 정치적 견해를 들었는데 마침 또 위계상 함부로 입장 피력을 할 수 없다면, 감정적으로 대응할 게 아니라 오히려 나와 다른 상대의 속내를 잘 파악할 기회로 삼을 수도 있습니다. 생각해보면 대한민국에 나와 다른 정치 성향을 지닌 사람은 어림잡아 절반은 넘습니다.

그런 상대 진영이 무슨 논리로 저런 주장을 펼치는지, 또 그들이 어떤 이유로 화를 내는지 현장 학습할 기회로 삼을 수 있습니다. 그럼으로써 내가 가진 신념에 허점은 없는지, 내 의견을 피력할 때 어떤 점이 보완되어야 할지 공부할 수 있는 계기가 생깁니다.

참는다고 생각하면 화가 나지만, 나를 위한다고 생각하면 오히려 쉽게 풀릴 문제입니다. 만약 신념이 다른 누군가와의 갈등으로 인해 계속 마음이 힘들다면, 괴로운 건 결국 나입니다. 잠 못 드는 것도 나고, 울화가 터지는 것도 나입니다. 답 없는 문제에 매달려 스트레스를 받거나 고민할 이유가 없다는 얘기입니다.

갈등보다 나쁜 외면

"싸울 일 있으면 싸워야지. 하지만 돌아올 땐 지금 네 모습에서 한 꺼풀 벗어놓고 와라."

입대를 앞둔 신학생들에게 해주는 말입니다. 사람인 이상 내 생각이 틀리다고 지적하는 사람 앞에서 마냥 웃을 수는 없습니다. 또한 신념을 지키기 위해 내 생각을 단호하게 전달하는 건 결코 나쁜 일이 아닙니다. 하지만 그것의 목적이 내 주장을 관철시키거나 상대를 내 뜻대로 바꾸려는 것이라면 결국 화만 남습니다.

다툼의 목적은 소통이어야 합니다. 처음엔 서로 다른 시각으로 갈등이 있더라도 그걸 차분히 겪으면서, 포용할 건 포용하고 내 벽을 조금 허물겠다 마음먹으면 오히려 더 넓은 시야를 가질 수 있는 좋은 기회가 됩니다. 시작은 다툼이었어도, 상대로부터 다른 가치를 배워가는 것. 삭막할 수도 있었던 군 생활에서 내가 찾은 의미입니다.

제일 어리석은 생각은 갈등이 싫어서 처음부터 벽을 치고 외면하는 겁니다. 갈등과 다툼을 문제로만 보지 말고, 상대는 왜 그렇게 생각하는지, 내 태도가 상대에게 오해를 사지는 않았는지 자꾸 부딪쳐 알아가다 보면, 뜻밖에 편협한 내 모습에 겸

허해지는 순간이 찾아옵니다.

　나도 내 마음을 잘 모를 때가 많은데, 심지어 상대의 마음을 미리 단정 짓고 벽을 치는 것은 그렇지 않아도 외로운 인생에 홀로 고립되겠다는 것과 다르지 않습니다.

삶의 태도를
단단하게 만드는 진짜 공부

많은 사람이 자신을 짓누르는 현실의 고통에서
잠시라도 탈출하기 위해 여행길에 오르곤 합니다.
하지만 결국 그 길의 끝에서 얻어야 하는 건
고통으로부터의 탈출이 아니라, 고통을 대하는 본연의 내 마음입니다.
마하트마 간디는 이렇게 말했습니다.
"가장 위대한 여행은 지구를 열 바퀴 도는 여행이 아니라
단 한 차례라도 자기 자신을 돌아보는 여행이다."

4년 전, 사제에게 평생 한 번 주어지는 안식년을 맞았습니다. 성직자로 산 지 28년 만에 얻은 귀한 시간이었습니다. 당시 나는 안식년에 하고 싶은 일들을 즐겁게 상상하곤 했는데, 그중 최고의 로망은 히말라야 트레킹이었습니다. 없는 시간을 모아 열흘짜리 짧은 트레킹만 다녀온 터라 안식년이 되면 1년 내내 히말라야에 묻혀 살겠다고 마음먹었습니다.

드디어 안식년이 되었고, 휴가가 시작되자마자 지체 없이 히말라야행 비행기에 몸을 실었습니다. 몸집만 한 가방은 불안과 번뇌의 흔적이 밴 일상의 물건 대신 내 삶을 리셋시켜줄 유랑인의 물건으로 가득했지요. 에베레스트를 시작으로 안나푸르나 라운드, 마난슬루, 랑탕, 다울라기리에 이르기까지 히말라야의 구석구석을 하나씩 찾아 오르기 시작했습니다.

그런데 이상했습니다. 그렇게 오랜 시간 꿈꿔온 로망이 실현됐는데 도무지 신이 안 나는 겁니다. 거대한 설산도 처음 맞닥뜨렸을 때뿐 기대했던 감흥이 없었습니다. 날이 갈수록 건조

한 감정이 지속되고, 걸음도 따라 느려졌습니다. 고요한 무위의 시간들이 계속되면서 나중에는 '오늘 뭘 먹을까?' '안 춥게 자려면 어떻게 해야 하지?' 하는 단순한 질문만 남았습니다. 사고 자체가 단순해지니 책 한 줄 읽는 것조차 흥미가 떨어졌습니다.

그렇게 산 생활을 마치고 한국으로 돌아오기 마지막 날, 함께했던 사람들과 인사를 나누는데 산행 내내 짐을 나눠 들어준 늙은 포터의 두 발이 눈에 들어왔습니다. 너무 가난해 변변한 신발 한 켤레가 없던 그는 맨발에 닳아빠진 검정 조리를 신고 아무렇지도 않게 산을 탔지요. 내게 오랜 로망이던 히말라야 여행이 그에겐 달리 특별할 게 없는 일상이었다고 생각하니 허탈한 한편 부끄러웠습니다. 마지막으로 나는 신고 있던 고급 등산화를 벗어 포터에게 건넸습니다.

히말라야 산행에서 내가 깨달은 것

한 성당을 맡아 사목하는 일은 그리 녹록하지 않습니다. 개인적으로는 성당의 모든 일을 최일선에서 도와주는 사목위원들과의 관계가 특히 부담스러웠습니다. 사제는 대략 5년을 임기로 부임지를 옮기는데, 성당을 옮길 때마다 동네 터줏대감인 사목위원들의 시선이 여간 신경 쓰이는 게 아니었습니다.

그런데 이상하게도 이번에는 좀 달랐습니다. 사제로 복귀해 사람들을 만난다는 것 자체가 설렜고 사목위원들을 만날 때도 그 어떤 경계심이나 긴장감이 들지 않았습니다. 상황은 이전과 달라진 게 없는데, 상황을 대하는 내가 변한 겁니다.

사실 그간 나는 늘 좋은 신부가 되어야 한다는 강박이 있었습니다. 신자들에게 존경받는 인품을 갖추고 싶었고, 그러다 보니 신자들에게 영향력을 끼칠 만한 사람들에게 비판받는 것이 두려웠습니다. 사목위원들을 부담스러워하며 내 허점을 들키지 않으려 애쓴 것도 그런 이유에서였습니다. 마음을 열지 못하고 사무적인 대화만 했던 것도 실은 더 사랑받고 싶은 마음에서 나온 방어기제였던 겁니다.

그제야 나는 기대와 사뭇 달랐던 히말라야 산행이 나도 모르는 새 적지 않은 깨달음을 가져다주었다는 사실을 알게 되었습니다. 첫째, 생각을 비우고 사는 삶이 얼마나 행복한지에 대해서였습니다. 그간 내가 성공이라는 헛된 목표 때문에 얼마나 많은 생각에 휘둘려왔는지, 그 생각들이 얼마나 스스로를 옥죄어왔는지 알게 되었습니다. '인기 좀 없는 신부면 어떻고 좀 모자란 신부면 어떤가, 실제로 나는 좀 모자라고 부족한 사

람 아니던가.'

둘째, 타인에게 인정받기 위해 애쓰느라 정작 나 자신은 내팽개친 채 살아왔다는 사실이었습니다. 신자들에게 내 실수가 드러날까 노심초사하다가 밥맛을 잃고 잠 못 이루는 일이 얼마나 많았던지. 나 자신에게도 인정받지 못하면서 타인에게 인정받으려는 그런 바보 같은 삶이 또 어디 있을까요.

히말라야에서 겪은 무위의 시간을 통해 단 한 번도 바로보지 않았던 내 모습을 대면할 수 있었고, 타인의 시선과 의무에서 놓여난 시간 속에서 나를 겹겹이 감싸고 있던 껍데기들을 한 꺼풀씩 벗어버리게 되었던 겁니다.

여행을 떠나는 이유

유명한 여행기에는 한 가지 공통점이 있습니다. 주인공의 기대가 여지없이 무너지고 계획했던 것과 전혀 무관한 전개가 펼쳐진다는 것입니다. 실망과 실패가 거듭되는 가운데 주인공은 처음의 외면적 목표 대신 자신조차 모르는 내면의 욕구를 마주하게 됩니다. 나조차 의식 못하는 본질의 욕구, 그것은 바로 '나를 만나는 것'입니다. 그런 의미에서 여행이란 나답지

못했던 일상에서 잠시 떨어져 잃어버린 내 참 모습을 깨닫는 과정이라고 할 수 있습니다.

데이비드 실즈는 《문학은 어떻게 내 삶을 구했는가》에서 "고통은 수시로 사람들이 사는 장소와 연관되고, 그래서 그들은 여행의 필요성을 느끼는데, 그것은 행복을 찾기 위해서가 아니라 자신들의 슬픔을 몽땅 흡수한 것처럼 보이는 물건들로부터 달아나기 위해서다"라고 했는데, 여기에 나는 한마디 덧붙이고 싶습니다. 많은 사람들이 나를 짓누르는 현실의 고통에서 잠시라도 탈출하기 위해 길을 떠나지만, 결국 그 길의 끝에 얻어야 하는 것은 고통으로부터의 탈출이 아니라 고통을 대하는 본연의 내 마음입니다. 껍데기를 벗어버리고 거짓된 나를 내려놓으면 어떤 상황에 있든 고통스러울 것도 괴로울 것도 없다는 사실을 알게 되는 겁니다. 그런 과정이 없다면 그것은 진정한 여행이라 할 수 없습니다. 그저 잠시 머리 식히는 관광이라 할 수 있겠지요.

우리가 먼 곳을 그리워하는 이유는 거짓된 모습으로 사는 나 자신에게 지쳐서입니다. 온갖 의무와 책임으로 얼룩진 일상을 벗어나, 아이처럼 솔직한 내 본 모습을 만나고 싶어서입니다. 그런 의미에서 보자면 여행은 꼭 낯선 땅으로 멀리 떠나야 하는 건 아닙니다. 가면을 쓰고 살아가는 내게서 벗어나, 마음 저

깊은 심연에 묻어둔 내 본모습을 마주할 수 있으면 어디든 상관없습니다. 먼 이국의 땅을 찾아 떠나는 것이 아니라 나도 모르는 내 마음을 찾아 떠나는 것이 진짜 여행이라 할 수 있습니다. 마하트마 간디는 이렇게 말했습니다.

"가장 위대한 여행은 지구를 열 바퀴 도는 여행이 아니라 단 한 차례라도 자기 자신을 돌아보는 여행이다."

코로나라는 재난 때문에 달라진 것 중 하나가 여행입니다. 떠나지 못해 아쉬워하는 사람이 많습니다. 이 재난이 끝나면 어디로 떠날지 마음으로 꿈꾸며, 지친 일상을 달래는 사람도 많습니다. 랜선 여행이라는 신조어가 등장한 것도 떠나지 못하는 이들의 열망을 대변하는 거라 생각합니다.

하지만 오히려 이렇게 발목이 묶였을 때 차분히 내 마음을 들여다보는 진짜 여행을 해볼 기회를 얻을 수 있습니다. 여행이 길어지면 익숙한 일상처럼 지루해지듯, 내 삶이 불안정하면 익숙한 일상도 살얼음판을 걷듯 불안해집니다. 유랑처럼 느껴지는 내 삶을 다시 단단히 세우려면 마음을 들여다 볼 필요가 있습니다. 잃어버린 내 마음을 들여다보는 여행은 굳이 먼 히말라야 산등성이에 오르지 않아도 됩니다. 새벽의 재래시장도 좋고, 인적 드문 동네 산책로도 좋습니다. 작은 침대와 책상 하나 놓인 내 방 안도 여행지로서는 그만입니다.

나는 어떤 사람인지, 껍데기 속에 숨은 진짜 나는 어떤 얼굴을 하고 있는지, 내가 진짜 원하는 것은 무엇이며 어디에서 진정한 기쁨을 느끼는지 아는 것. 그것이 바로 잃어버린 나를 찾는 진짜 여행이며, 때때로 적극적으로 혼자가 돼야 하는 이유입니다.

유쾌한 마지막을 위해
가져야 할 마음가짐

사람은 누구나 죽고 그 순간이 언제일지는 아무도 알 수 없다는 것을,

사실 우리는 제대로 받아들이지 않고 살아갑니다.

철학자들이 흔히 말하듯 죽음을 항상 고찰하며 살라는 것은

언제 어느 때 찾아올지 모를 죽음이니

오늘 하루를 허투루 보내지 말라는 뜻입니다.

죽음을 두려워할 시간에 죽도록 사랑하며 살라는 뜻입니다.

"숙제 안 해온 놈들 앞에 나와 줄 서!"

어릴 적에 학교 공부와는 담을 쌓고 살았던 나는 선생님의 불호령이 떨어지면 제일 먼저 뛰어나가 첫 타자로 회초리를 맞았습니다. 괜히 뒤에 서서 우물대다가, 앞에 선 아이들이 매 맞는 족족 함께 괴로워할 필요가 없다는 걸 알았기 때문이죠.

첫 번째로 맞는 아이는 딱 한 번 맞고 말지만 열 번째로 맞는 애는 결국 매를 열 번 맞는 것과 진배없다는 것. 나중에서야 알았지만 이는 뇌과학적으로도 이미 입증된 사실입니다. 뇌 연구를 통해 드러난 재미난 사실은 사람의 뇌가 상상과 현실을 구분하지 못한다는 점입니다. 실제 겪은 것이나 상상하는 것이나 뇌는 똑같이 인식한다는 거죠. 앞에서 매 맞는 걸 보며 그 고통을 상상하는 괴로움이 결과적으로는 진짜 매를 맞는 괴로움과 다를 게 없다는 겁니다.

나는 죽음이 두렵다는 사람들을 만날 때마다 이 얘기를 해줍니다. 한 번 맞을 매를 왜 자청해서 열 번 맞느냐고, 누구나 한

번은 겪는 죽음을 왜 미리 앞당겨 계속 체험하느냐고 말입니다. 더군다나 죽음에 대한 내 상상이 실제로 어떨지는 전혀 모르지 않습니까.

죽음을 천 번 두려워하면 천 번 죽지만 죽음을 두려워하지 않는 사람은 딱 한 번 죽습니다. 세상에서 가장 정확한 진실은 '태어나면 죽는다'는 겁니다. 걱정한다고 달라질 게 없는 불변의 진실을 두고, 왜 혼자 상상의 나래를 펼쳐가며 죽음의 드라마를 씁니까.

죽음의 두려움에 함몰되는 이유

안타깝지만, 그럼에도 불구하고 죽음을 두려워하지 않는 사람은 없습니다. "신부님은 그래도 믿음이 굳건할 텐데, 혹 가끔이라도 죽음이 두렵지 않느냐"는 질문을 종종 받는데, 저라고 죽음이 두렵지 않을 리가 없지요. 예수도 죽음 직전에 "이 잔을 제게서 거두어 달라"며 피땀 흘려 기도하지 않았습니까.

다만 차이가 있다면 두려움의 '지속성'입니다. 순간순간 예기치 않게 죽음의 두려움이 느껴질 때 얼른 그 늪에서 빠져나오는 사람과, 두려움의 늪에 함몰되어 어쩔 줄 모른 채 번민하는 사람이 있습니다. 한 40대 가장이 상담을 청했습니다.

"자다가도 죽음을 떠올리면 엄청 겁이 납니다. 내 가족, 내 자식을 더 이상 볼 수 없다는 두려움, 내 존재가 사라진다는 두려움, 더 이상 내가 뭔가를 생각하거나 움직일 수도 없고 전구 툭 꺼지듯이 사라진다는 상상을 하면 공포심이 밀려오는데, 그럴 때마다 견딜 수가 없어요."

이렇듯 순간순간 찾아오는 죽음의 두려움 때문에 맥없이 함몰되는 사람들에게는 공통점이 있습니다. 오직 자기 안에 갇힌 채 저만을 위한 인생의 프레임을 갖고 있다는 것입니다.

사람은 누구나 저마다의 인생 스케치를 갖고 살아갑니다. 짧게는 한 달, 길게는 10년 넘게 내 앞날을 그리며 계획을 세우고 그에 맞춰 인생을 살아갑니다. 그런데 죽음 문제를 두고 너무 집착하는 사람들을 보면 그 스케치가 마치 좁은 굴속을 그린 듯 협소하고 답답합니다. 상당히 구체적이긴 하지만 이미 정해진 퍼즐 판처럼 뻔해서 어떤 그림이 완성될지 크게 기대되지 않습니다. 별 재미가 없지요.

이런 사람들의 인생 스케치가 별반 재미없는 이유는 삶의 기준이 모두 자기 자신에게만 집중되어 있기 때문입니다. 내 미래를 위해, 내 건강을 위해, 내 성공을 위해, 내 평화를 위해…. 삶의 모든 주제 앞에 '나'라는 말이 붙습니다. 우물 안 개구리가 자기 메아리와 대화하듯, 인생의 모든 문제를 자문자답하며 자기 안에 갇혀 살아갑니다.

그렇게 해서 만족할 수만 있다면 좋겠지만, 안타깝게도 한 가지 문제가 있습니다. 일, 돈, 명예 등등 다른 인생의 퍼즐 조각은 얼추 맞출 수가 있는데, '죽음'이라는 퍼즐은 영 맞춰지지가 않는다는 겁니다. 마지막 조각인 죽음 문제에 이르러 '어, 이거 죽는 문제는 어쩌지?' 하는 의문에 봉착하게 되지요.

이렇게 오직 '나'에게 집중해 세팅해놓은 그림에서는 죽음이 도무지 해결 안 되는 난제로 남습니다. 설령 99개 조각을 멋들어지게 맞췄다 해도, 마지막 한 조각이 없으면 그 퍼즐은 완성될 수가 없습니다. 그렇게 미완성인 인생을 두고 번민하다가 '어차피 죽을 걸 뭣 하러 이렇게 애쓰며 살아야 하나' 하는 허무감에 사로잡히기도 합니다.

오늘이 마지막 날이라면

직업상 나는 한 달에도 서너 번 죽음의 현장을 마주합니다. 죽음에 임박한 사람을 위해 기도하고 돌아서는 날이면, 마치 한밤중에 정전이라도 된 듯 시커먼 죽음의 그림자가 나를 뒤

덮은 것 같은 느낌이 듭니다. 그 순간 나는 깊게 숨을 들이마시며, 내가 믿는 신에게 기도합니다. 죽음의 두려움에서 벗어나게 해달라는 기도가 아닙니다. 그런 기도 역시 나만을 위한 기도, 내 아집대로 인생의 퍼즐을 맞추려는 행동이니까요. 같은 궤도만 그리는 뫼비우스 띠처럼 나를 위한 삶, 이기적인 생각에서 벗어나지 못했다는 반증입니다.

그래서 나는 이렇게 기도합니다.

'세상을 사는 동안 내게 맡겨진 일을 게으름 피우지 않고 기쁘게 할 수 있도록 도와주십시오.'

결국 그 기도는 짧은 순간일지언정 죽음의 두려움에 사로잡힌 지금 내 모습에 대한 반성입니다. 만일 내가 오늘이 마지막인 것처럼 열심히 살았더라면, 실체도 모르고 언제 올지도 알수 없는 죽음을 두려워할 여유 따윈 없었을 테니 말입니다.

그렇게 짧은 기도를 마친 다음 곧바로 가방 안에서 수첩을 꺼냅니다. 수첩엔 내게 주어진 일임을 분명 알지만 바쁘다는 핑계로, 혹은 당장의 내 안위에 사로잡힌 나머지 미뤄둔 일들이 빼곡하게 적혀 있습니다. 장애인을 위한 사회사업, 마음이 아픈 이들을 위한 심리 프로그램, 꽤 오랫동안 안부를 묻지 못한 가난한 문화예술인들…. 미뤄둔 일들을 하나씩 들여다보고는 지금 할 수 있는 일을 바로 시작합니다. 나만의 사과나무를 심는 겁니다.

그렇게 나무 한 그루를 심는 데 몰입한 새 어느덧 죽음에 대한 두려움은 물러갑니다. 짧은 인생, 사랑하고 꿈을 이루며 살기만도 시간이 부족한데, 한가하게 죽음을 떠올릴 여유가 없습니다. 죽음의 두려움이 찾아든다는 건 어쩌면 배부른 소리입니다.

결혼에 실패한 뒤 홀어머니와 한 동네에서 산다는 중년 남성에게 이런 푸념을 들었습니다.

"하나뿐인 어머니마저 돌아가시면, 누가 저를 챙길까요. 이러다 고독사라도 하면 어쩌죠? 재혼이라도 해야 할까요?"

그에게 나는 쓴소리를 좀 했습니다. 그렇게 살다간 재혼해서도 실패하고, 평생 고독사할 걱정에 시달릴 거라고 따끔하게 일렀습니다. 늙고 쇠약한 어머니가 혼자 외롭게 지내고 계신 마당에, 건강하게 잘살고 있는 자신의 죽음을 걱정하다니요. 가장 가까이에 있는 혈연조차 제대로 사랑하지 않으면서 어떻게 희생이 불가피한 결혼생활을 잘할 수 있겠습니까.

"모시고 살기 힘들면 아침저녁으로 안부 전화라도 하세요. 주말엔 어디 모시고 나가 맛있는 것 좀 사드리고요. 본인 고독사 걱정하지 말고, 어머니와 함께할 시간이 그리 많지 않다는 걸 생각하세요."

정신 차리라고 아픈 말을 전했지만, 실은 그것이야말로 죽음의 두려움에 사로잡히지 않는 유일한 방법입니다. 바쁘다는 핑계로 외면했지만 정말 중요한 일, 내 쓰임새가 누군가에게 힘이 되는 일, 이왕이면 사랑을 느낄 수 있는 일에 몰두하는 것입니다.

죽음을 기억하라는 말의 진짜 의미

인간의 삶을 다룬 수많은 인문학 서적에서 자주 나오는 말이 있습니다. 죽음을 항상 고찰하며 살라는 것입니다. 죽음을 기억하면서 언제든 죽을 수 있도록 준비하면 인생을 더 적극적으로 살게 된다고도 합니다. 하지만 매일 죽음을 생각한다고 어느 날 갑자기 인생의 의미가 찾아지거나 죽음에 대한 의문이 사라지지는 않습니다. 앞서 말했듯 한 번 겪을 죽음을 매일 겪게 될 수도 있습니다.

다만 한 가지 확실한 건 죽음이 있기에 살아 있다는 자체가 감사할 일이고, 그 감사함을 마음껏 누릴 줄 알아야 한다는 겁니다.

"죽기 한 시간 전만 해도 친구와 수다 떨거나 어린 자식 콧물

닦아주던 사람들이에요. 오늘 죽을 거라고는 아무도 생각 못했을 거예요."

대규모 참사가 일어난 재해 현장을 평생 보며 살아온 어느 소방관의 말입니다.

사람은 누구나 죽고 그 순간이 언제일지는 아무도 알 수 없다는 것을, 사실 우리는 제대로 받아들이지 않고 살아갑니다. 죽음을 항상 고찰하며 살라는 건, 언제 어느 때 찾아올지 모를 죽음이니 오늘 하루를 허투루 보내지 말라는 뜻입니다. 죽음을 두려워할 시간에 죽도록 사랑하며 살라는 뜻입니다. 어느 시구(詩句)처럼, 내가 한때 존재했으므로 해서 단 한 사람이라도 좀 더 편안히 숨 쉴 수 있기를 바라며 살라는 뜻입니다.

그런 의미에서 보면 오늘 하루를 최선을 다해 사는 것이 죽음을 가장 잘 준비하는 것입니다. 죽음을 앞두고 가장 후회할 일이 무엇일지 떠올려보십시오.

모르긴 몰라도 돈을 많이 못 벌었거나, 명예를 얻지 못했거나, 높은 지위에 오르지 못한 것을 두고 후회하진 않을 겁니다. 내 마음의 소리에 귀 기울이지 못한 것, 내가 응당 했어야 할 일을 외면한 것, 무엇보다 남김없이 사랑하지 못한 것이 응어리로 남지 않을까요.

아일랜드 출신의 극작가 버나드 쇼의 묘비에 이렇게 적혀 있다고 합니다.

　"우물쭈물하다가 내 이럴 줄 알았지."

　나는 이렇게 바꿔 말하고 싶습니다.

　"죽을 날만 걱정하다가 내 이럴 줄 알았지."

천국과 지옥이 있냐고
물으신다면

아침에 별 탈 없이 눈을 떴고, 따뜻한 햇살을 맞았으며,

누군가에게 반가운 인사를 들었고, 미약하게나마 타인을 도울 수 있다는 것.

생각하면 우리는 이미 천국에 있으면서도 이를 느끼지 못하고 살아갑니다.

자청해서 지옥을 경험하며 살아가는 순간은 또 얼마나 많은지요.

오늘 행복하지 않은 사람이 내일 갑자기 행복할 수 없듯

지금 천국 안에 살지 않으면 죽어서도 천국에서 살지 못합니다.

천국과 지옥은 결국 내 마음 안에 있는 것입니다.

1963년, 고대사를 뒤흔든 발견이 있었습니다. 배불뚝이 언덕이라는 뜻의 '괴베클리 테페'라는 건축물로, 탄소 연대 측정에 따르면 기원전 1만~8,000년경에 만들어졌으며 인류 역사상 가장 오래된 유적이라고 합니다. 주목할 것은 이 유적의 용도입니다. 고고학자들은 의식주와 관련한 생활의 흔적을 전혀 찾아볼 수 없을 뿐더러, 조각된 돌기둥들이 상징하는 바를 미루어볼 때 이 유적이 집이 아니라 장례를 치르던 신전이라고 말합니다.

이는 인류 문명의 시초인 농업 혁명보다 훨씬 앞서, 보이지 않는 영적 세계에 대한 개념이 이미 존재했던 얘기입니다. 한마디로 '농경 확산 → 정착 생활(건축) → 종교의 시작'이 아니라 '종교의 시작 → 정착 생활(건축) → 농경 확산'일 수 있다는 거죠. 문명발달사에 찬물을 끼얹는 이 발견에 대해서는 여전히 연구가 진행 중입니다만, 한 가지 확실한 것은 열 살 정도의 지능을 가졌다는 신석기 시대 사람들도 사후세계를 의식하고 끊임없이 탐구했다는 겁니다.

과학문명이 이렇게까지 발전한 오늘날에도 내세는 결론 없는 토론의 주제로, 시시비비를 가리려는 시도가 계속되고 있습니다. 나 역시 사후세계 특히 천국과 지옥에 대해 많은 질문을 받습니다만, 그때마다 나는 이렇게 말합니다.

"믿으면 있는 거고, 안 믿으면 없는 겁니다. 본인이 믿는 대로 사세요."

맞고 틀리고의 문제가 아니라 인식과 신념의 문제입니다. 신념이라고 보면 사후세계를 믿는 것도 신앙이고, 믿지 않는 것도 신앙입니다. 신에 대한 인식과도 다르지 않습니다. 신을 믿는 것도 신앙이고, 신을 믿지 않는 것도 신앙입니다. 각자 자기가 지닌 신앙대로 살아갈 따름이지 시시비비를 가릴 문제가 아니라는 겁니다.

다만 이런 말은 할 수 있을 것 같습니다. 믿든 믿지 않든 사후세계를 흔히 생각하듯 죽은 다음에 갑자기 차원 이동을 해 도착하는 그런 물리적인 공간으로 인식하지 말라는 겁니다. '믿음 천국, 불신 지옥'으로 대변되는 이분법적인 논리도 마찬가지입니다. 죽어서 천국 가려는 생각만으로 열심히 종교 생활을 하고 있다면, 과연 내가 종교를 제대로 믿고 있는지 진지하게 돌이켜봐야 합니다.

사후세계에 대한 사람들의 착각

표현은 제각각이지만 어느 종교든 사후세계를 말합니다. 과학에서도 임사체험(臨死體驗) 등을 근거로, 죽음 이후의 상태를 설명하려는 시도를 계속하고 있습니다. 하지만 사실 이는 사람이 증명할 수 없습니다. 우리 중에 죽어본 사람이 아무도 없지 않습니까?

천주교든 개신교든 예수의 존재를 믿는 사람들이 흔히 하는 착각이 '세례 받으면 천국 가고, 세례 받지 않으면 지옥 간다'는 겁니다. 그런 사람들에게 들려주고 싶은 일화가 있습니다.

한창 선교활동이 왕성하던 근대 무렵, 아프리카에 선교를 갔던 신부가 한 소년을 만났습니다. 꽤 오랫동안 아이와 함께하며 속내를 들을 만큼 가까운 사이가 되었지요. 그런데, 때가 되었다 싶어 세례를 주려고 했더니 아이가 거부하더라는 겁니다. 왜 세례를 안 받느냐는 신부의 질문에 아이가 답했습니다. "세례 받으면 천국에 갈 테니까요." 아이의 말에 다시 신부가 "그러니까 세례를 받아야지 않겠니?" 하고 되물었습니다. 그랬더니 아이 왈, "우리 아버지는 세례를 안 받고 죽었으니 천국에 못 갔을 거예요. 내가 만일 세례 받고 천국에 가면 아버지를 못 만나잖아요."

세례 받지 않은 꼬마는 과연 죽어서 지옥에 갔을까요? 죽어 보지 않은 입장에서 단언할 수는 없지만, 우리가 믿는 신은 그렇게 속 좁은 양반들이 아닙니다. 세례를 받든 안 받든 당신들 앞에 충성을 맹세하든 안 하든, 절대자가 그런 걸 따지겠습니까? 이런 문제로 천국에 가네 지옥에 가네 따지는 건 결국 내가 믿는 신을 내 눈높이로 끌어내리는 것밖에 되지 않습니다.

종교를 천국행 티켓 정도로 여기는 사람들은 '그럼, 성경에 나온 지옥 얘기는 다 뭐냐. 신을 안 믿고 나쁜 짓하면 지옥 가는 게 당연한 거 아니냐?'고 묻습니다. 하지만 예수가 생전에 한 말을 정리한 복음서 그 어디에도 지옥에 대해 직접적으로 묘사한 부분은 없습니다. 성경을 통해 드러난 예수의 모든 말은 내세가 아닌, 지금 우리가 발 딛고 있는 현재의 삶에 집중되어 있습니다. 라틴어로 '힉 엣 눙크(hic et nunc)', '지금 그리고 여기'라는 뜻입니다. 우리가 그토록 꿈꾸는 천국은 언제 닥칠지 모를 죽음 이후가 아니라, 지금 여기에서 이뤄져야 한다는 뜻이지요.

거울을 자주 들여다봐야 하는 까닭

흔히 인생을 여정에 빗댑니다. 사람은 누구나 저마다 자신만의 인생을 걷습니다. 사후세계를 믿지 않는다면 그 여정은 죽음과 동시에 끝나는 것이고, 사후 세계를 믿는다면 죽음을 통해 육체의 옷을 벗고 영혼만 남아 가던 길을 계속 가게 됩니다. 사후세계를 믿는다는 건 결국 영혼의 존재를 믿는다는 것과 같은 말이니까요.

그런데 한번 생각해보십시오. 우리는 살면서 늘 미래를 생각하며 오늘을 참습니다. 행복을 유보하는 겁니다. 하지만 늘 행복을 준비만 하는 사람은 결국 준비만 계속 하다가 죽을 때까지 행복해보지 못한 채 죽습니다. 천국도 마찬가지입니다. 오늘 행복하지 않은 사람이 내일 갑자기 행복할 수 없듯, 인생을 지옥처럼 산 사람이 죽어서 갑자기 천국에 간다는 건 말이 안 됩니다.

직업상 한 달에 서너 번은 임종 직전의 사람을 마주하게 됩니다. 죽음을 목전에 둔 사람의 얼굴엔 지난 삶이 고스란히 드러나 있습니다. 마음 안에 불평불만을 두지 않고 주어진 것에 감사하며 작은 것에도 행복해하며 산 사람은 죽음 앞에서도 평화로운 얼굴을 하고 있습니다. 내 안에 욕망을 좇아 남탓 세상 탓하며 불행하게 산 사람은 얼굴에 괴로움이 가득합니다. 죽음 이후로 이어진 인생길이 어떤 모양새일지 알 순 없어도, 그 영혼이 어떤 상태일지는 바로 알 수 있습니다. 살아서나 죽어서나 똑같습니다. 결국 살던 대로 가는 겁니다. 지금 천국에 살고 있지 않으면, 죽어서도 천국 안에 있지 못합니다. 천국도 지옥도 어디 멀리 따로 있는 게 아니라, 지금 내 마음 안에 있다는 겁니다.

평생을 사제로 살아왔지만 나 역시 늘 마음 안에 천국이 있는 건 아닙니다. 아침에 눈을 떠 오늘 하루 천국처럼 살기를 다짐하지만, 어느새 내 마음이 지옥을 경험하는 순간을 자주 맞습니다. 그럴 때면 거울을 봅니다. '아 내가 지금 지옥에 와 있구나' 깨달으며, 흐트러진 마음을 정리하는 겁니다. 자갈을 고르고 잡초를 걸러내듯, 훼손된 마음을 수선합니다. 불안, 공포, 분노 모든 불행의 씨앗을 걷어내고, 지니고 있으면서도 깨닫지 못했던 행복을 찾아내지요.

아침에 별 탈 없이 눈을 떴고, 따뜻한 햇살을 맞았으며, 누군가에게 반가운 인사를 들었고, 또 미약하게나마 누군가를 도울 수 있다는 것. 생각하면 우리는 이미 천국에 있으면서도 이를 느끼지 못하고 살아갑니다. 자청해서 지옥을 경험하며 살아가는 순간이 얼마나 많은지, 지금 이 순간 다시 한번 거울 속 내 얼굴을 들여다봅니다.

지난 일은
모두 잘된 일이다

──────── 과거에 관하여 ────────

정성을 다한 오늘이 없다면 그리워할 과거도 존재하지 않습니다.
열심히 산 오늘이 차곡차곡 쌓여 때깔 고운 과거로 남는 것이지요.
그러니 지난 과거가 사무치게 그립다면 이렇게 자문해보십시오.
'10년쯤 지났을 때 나에겐 과연 어떤 과거가 남을 것인가.'
미래의 내가 무엇을 그리워하고 애달파할지는 정확히 모르지만,
사소해 보여도 차일피일 미루다가 기회를 놓칠지 모를 일들을
지금 바로 해야 하는 이유가 여기에 있습니다.

"과거의 내게 무전을 보낼 수 있다면?"

5년 전 한 방송에 출연해 이런 질문을 받았습니다. 시공을 초월한 무전기로 과거와 현재의 형사들이 미제 사건을 해결해가는 드라마 〈시그널〉에서처럼, 출연자들의 손엔 무전기가 한 대씩 쥐어졌습니다. 다시 돌아가고 싶을 만큼 아쉬운 과거, 그때의 내게 해주고 싶은 말을 전해보라는 요청을 받았지요.

"창진아, 딱 한 번만 뒤돌아 봐!"

무전기를 입에 대고 이렇게 말했습니다. 현재의 내가, 사제가 된 이듬해 여름 장마를 뚫고 성당을 나서던 젊은 내게 던진 말입니다.

사연은 이렇습니다. 한 20여 년 전, 첫 부임 성당의 청년들과 오랜만에 만났습니다. 예전 마음으로 돌아가 즐겁게 회포를 풀던 차에 한 여성이 내게 물었습니다.

"신부님 저를 기억하세요?"

그러더니 뜻밖의 말을 이어갔습니다. 10여 년 전 막 신부가 된 내 모습이 사뭇 멋져 보였고, 그 마음이 커져 심하게 열병을 앓았다는 것이었습니다. 차마 말은 못 하고 비 오는 여름날 사제관 앞에서 몇날 며칠을 기다렸는데, 내가 단 한 번도 눈길을 주지 않더랍니다. 못 본 건지 일부러 모른 척한 건지, 억수같이 쏟아지는 장맛비를 뚫고 내달리더라는 겁니다.

이 여성은 "다 지나간 일이니 이제는 말할 수 있다"며 즐겁게 얘기를 마무리를 지었지만, 듣는 나는 속이 좀 쓰렸습니다. 자기를 기억하느냐고 물었지만 사실 그 여성은 내가 모를 리 없는 사람이었습니다. 유독 아름다운 외모에 심성도 착해 신부인 내게도 깊은 인상이 남았으니까요. 그런 사람이 나를 좋아했고, 몇날 며칠을 빗속에서 기다렸다는 게 아닙니까. 당시 나는 대체 무슨 바쁜 일이 있었길래 곁눈질 한번 없이 빗속을 뛰어갔던 걸까요.

마음속에서 정체 모를 아쉬움이 요동쳤습니다. 그러고도 한 며칠을 '만일 그때…'로 시작하는 소설을 몇 편씩 써가며 그리움 속에 빠져 지냈습니다.

영화에서나 나올 법한 '못 이룬 사랑' 이야기인 듯하지만, 사실 내가 미련을 느낀 건 이루어질 수 없는 애절한 사랑이 아니라, 과거의 나 자체였던 것 같습니다. 서툴지만 용기 있고, 맨손으로도 의욕이 넘치던 시절로 다시 돌아갈 수 없다는 것을 그 여성을 통해 절감했다고 할까요.

"아무리 아쉽고 돌아가고 싶어도, 이제 그건 내 시간이 아니에요. 그때 모습이 되려고 아무리 애써도 그건 또 다른 나일 뿐이지, 과거의 내가 아닙니다."

과거의 내게 하고 싶은 말을 '무전기 퍼포먼스'로 멋들어지게 전한 뒤 마무리 멘트로 했던 말입니다. 지난날을 떠올리며 아름답게 회상하는 건 좋지만, 과거의 기억이 오늘을 살아가는 태도에 방해가 될 수 있다고 덧붙였지요.

누구에게나 '라떼'는 있다

우연히 어느 광고를 봤습니다. 젊은 부하 직원들을 앞에 둔 중년의 상사가 말 사진이 박힌 라떼 머그잔을 들고 이렇게 말합니다.

"라떼는 말이야(나 때는 말이야)."

광고에 등장한 이 말은 온라인상에서 꽤나 화제가 되더니 전 국민이 다 아는 유행어가 되었습니다. 소위 '꼰대'를 비꼴 때 쓰이는 말이지만, 잘나갔던 과거를 통해 자신의 건재함을 과시하려는 중년의 비애가 애틋하게 느껴지기도 합니다.

그런데 이 '라떼 현상'은 비단 중년이 아니라 20~30대 밀레니얼 세대에게서도 엿보입니다. 지금은 비록 암울한 현실을 살아가고 있지만 이들에게도 눈부신 과거가 있습니다. 그 어느 세대보다 높은 경제력과 기술의 혜택을 누린다는 의미로 '단군 이래 가장 축복받은 세대'라 불리던 시절이 있었지요. 그렇게 보자면 나이도 많지 않은 밀레니얼 세대들이 '라떼'를 논하는 게 일면 자연스럽습니다. 잘하면 인정받고, 내 주장을 당당히 말하던 그 시절이 당연히 그립지 않을까요. 다만 기성 세대와 다른 점은 '라떼'를 과거에 대한 회한이 아닌, 일종의 놀이로 즐긴다는 것이지요. 1990년대에서 2000년에 유행했던 노래를 온라인상에서 즐기는 '온라인 탑골공원'이 그 예입니다. 비슷한 처지의 친구들과 온라인상에서 소통하며 현실의 고단함을 그렇게 풀어버리는 겁니다.

그러고 보면 지금 우리가 사는 세상은 아쉬운 과거에 대한 그리움으로 도배된 세상이 아닌가 싶습니다. 암울한 현실과 불안한 미래에 짓눌리다보니, 살 만했던 지난날을 자꾸 들춰내는 겁니다. 나이 든 사람이든 젊은 사람이든 '라떼'를 말하며 지친 마음을 위로하는 것이지요.

지난날을 마음에 담고 그리워하는 건 나쁜 게 아닙니다. 드라마 〈응답하라〉 시리즈가 많은 사람에게 사랑을 받았던 것도, 순수했던 과거를 통해 잠시나마 휴식을 얻을 수 있었기 때문이 아닐까요. 달콤한 추억에 매달리느라 현실을 부정하지만 않는다면 과거는 그 자체로 세상 무엇보다 값진 보석입니다.

과거에 대한 사람들의 착각

몇몇 상처 받은 기억을 제외하고, 우리 머릿속에 자리한 과거의 나는 지금보다 훨씬 멋진 모습을 하고 있습니다. 과거의 나는 지금보다 외모도 능력도 출중했습니다. 그런 멋진 내가 살던 과거의 세상도 지금의 세상보다 훨씬 더 좋아 보입니다. 사람들은 훨씬 친절하고 믿을 만했으며, 세상도 덜 각박했고 끔찍한 범죄도 훨씬 적었습니다.

그런데 그 좋던 세상이 갈수록 삭막하게 변해갑니다. 좋았던 세상이 나빠지니 거기에 적응하는 나도 비겁하고 이기적으로 변해간다는 생각이 듭니다.

하지만 세상은 사실 예나 지금이나 별로 달라진 게 없습니다. 2000년 전에도 온갖 부조리가 펼쳐졌고, 가진 자와 못 가진 자의 불균형이 심했습니다. 코로나라는 전대미문의 재앙이 닥쳤다고 하지만, 과거에는 더 많은 사람이 전쟁과 전염병으로 죽어갔습니다. 과거 어느 때도 세상은 그렇게 아름답지 않았고, 그 안에 살고 있는 사람들도 특별히 순수하거나 도덕적이지 않았습니다. 나도 세상도 별반 달라진 게 없는데, 다만 과거를 바라보는 우리가 그렇게 느낄 뿐입니다.

더군다나 사람은 현재 자기가 바라는 대로 과거를 각색하려는 경향이 있습니다. 이미 사라져버린 것이기에 내 마음대로 자유롭게 해석하고 포장하는 겁니다. 하지만 그건 왜곡된 기억이 만들어낸 소설일 뿐이지 실제 사실과는 거리가 한참 멉니다. 예전의 나도 불완전하고 모자란 면이 있었고, 세상살이도 지금 못지않게 힘들고 괴로웠습니다. 다만 힘든 이유가 달랐을 뿐이지요.

이를 간과한 채 과거의 기억에 이렇게 매달리는 건 인생에 대한 환상이 너무 크기 때문입니다. 여기에 현실에 대한 불만이 더해지면 과거는 그리움을 넘어 집착의 대상이 되고 맙니다. 모든 것이 가능해 보이던 시절, 서툴지만 자신감 넘치던 순수한 시절을 도피처로 삼는 것입니다.

그런 사람들에게 해주고 싶은 이야기가 있습니다. 불완전하고 불안한 지금 이 순간이, 미래의 어느 날엔 되돌아가고픈 과거로 남는다는 점입니다. 미치도록 힘들고 괴로운 오늘이 시간이 지나면 미화되고 채색되어 돌아가고픈 추억이 됩니다.

병상에 누운 80대가 병문안 온 60대에게 "내가 지금 네 나이라면 못할 게 없겠다"고 하듯, 미래의 내가 불완전한 현재의 나를 그리운 눈빛으로 보게 될 날이 반드시 온다는 겁니다.

지나간 일은 모두 창고 속의 보물이다

예전부터 숫자 12는 '완성' '완벽'과 동시에 '축복'의 의미로 쓰였습니다. 열두 제자, 열두 지파란 말에서 짐작되듯, 기독교에서는 12란 숫자에 적지 않은 의미를 두었고 이는 다른 여러 종교에서도 드러납니다. 1년을 열두 달로 나누고, 낮과 밤을 12시간씩 구분 지은 것도 그런 문화의 영향 탓이겠지요.

나는 우리 인생이 완성되는 데에도 열두 번의 기회가 찾아온다고 생각합니다. 바꿔 말해 운이라고도 할 수 있습니다. 하지만 그 운은 흔히 생각하는 로또 같은 복권이 아닙니다. 열두 번의 운 중 열 번은 힘들고 아픈 불운, 두 번은 행복하고 긍정적인 행운입니다. 인생이 왜 그렇게 잔인하냐고 묻고 싶겠지만, 그게 현실입니다. 부침과 괴로움이 반복되다가 단물처럼 찾아드는 기쁨에 살아갈 힘을 얻는 것이 인생입니다.

다만 그 두 번 정도의 행운은 언제 어느 때 찾아들지 아무도 가늠하지 못합니다. 먼저 맛보는 사람도 있고 뒤늦게 맛보는 사람도 있습니다. 그런 기쁨을 단 한 번도 맛보지 못하는 사람도 많습니다.

되돌아가고 싶을 만큼 그리운 과거가 있다는 건 내 인생에 이미 찬란한 행운이 찾아들었다는 걸 의미합니다. 그런 기쁨을 이미 누렸고 그것이 기억 속에 고스란히 남아 있다는 것 자체가 행복하고 자랑스러운 일입니다. 떠올릴 만한 추억 하나 없이 괴로움 속에 사는 사람이 세상에는 훨씬 더 많으니까요.

하지만 대부분의 사람은 그 기쁨을 온전히 누리지 못합니다. 이미 내 인생 창고에 채워져 있는 행복한 기억을 보지 못하고, 현재의 빈손만 바라봅니다. 실제로 빈 것도 아닌데, 인생에 대한 기대와 환상을 부풀린 나머지 가진 게 없다고만 생각하는 겁니다. 인생을 커다란 창고라 생각하지 않고 내 눈앞의 냉장고로만 여기는 것이지요.

한때 잘나가던 유명 연예인이 지난날을 그리워하다가 약물이나 알콜 중독에 빠지는 것도 그런 이유에서입니다. 인생 곳간에 채워진 아름다운 기억은 외면한 채 지금 눈앞의 빈 냉장고만 보니, 오늘 하루를 기쁘게 살지 못하고 비관에 빠지는 겁니다. 이미 나는 자신만의 세계를 구축해 충만감을 맛본 멋진 사람임에도 불구하고 끊임없이 자책하며 절망에 빠져듭니다.

지금도 1분 1초가 빠르게 흘러 과거의 한순간이 된다는 걸 망각한 채 말입니다.

10년 뒤의 내가 현재의 내게 하게 될 말

나는 과거가 가을바람에 잘 말렸다가 추운 겨울에 하나씩 꺼내 먹는 곶감 같다고 생각합니다. 좋은 곶감을 얻으려면 생각보다 꽤나 정성이 많이 들어갑니다. 무르거나 깨지지 않은 감을 골라 깨끗이 씻어 꼭지에 흠이 가지 않게 껍질을 잘 깎은 다음, 두꺼운 이불실로 하나하나 엮어 바람이 잘 통하는 곳에 꽤 오랫동안 널어줘야 합니다. 처음 황금색이던 과실이 바람이 부는 대로 이리저리 흔들리며 마르기 시작하지요. 그렇게 바람 부는 가을이 지나 12월의 된서리를 맞고 나서야 빛깔 좋고 향 깊은 곶감이 됩니다.

우리 인생 창고에 보관돼 있는 과거도 다르지 않습니다. 정성을 다한 오늘이 없다면 그리워할 과거도 존재하지 않습니다. 열심히 정성을 다한 오늘이 차곡차곡 쌓여 인생 창고에 따뜻한 과거로 남는 것이지요. 괜시리 외롭고 지칠 때 가끔 열어보며 미소 지을 수 있도록 말입니다.

그래서 나는 자문하곤 합니다. 한 10년쯤 지났을 때 나에겐 과연 어떤 과거가 남을 것인가. 그 해답은 오늘에 있습니다. 미래의 내가 무엇을 그리워하고 애달파할지는 정확히 모르지만, 내가 선 현실을 겸허히 받아들이면서 성실히 살면 그런 날들이 좋은 과거가 되어 인생 창고에 들어선다고 생각합니다.

그런데 오늘을 충실히 산다는 건 거창하고 대단한 일을 하는 건 아닙니다. 당시 방송에 함께 출연했던 목사님은 젊은 아빠였던 과거의 자신에게 이렇게 말했습니다.

"제발 아들 손잡고 목욕탕에 가 봐라!"

바쁘다는 핑계로 어린 아들과 목욕탕 한번 못 가본 게 그렇게 아쉽다고 하더군요. 오늘 당장 할 수 있는 일, 차일피일 미루다가 기회를 놓칠지 모를 일들을 바로바로 해야 하는 이유가 여기에 있습니다. 현재의 삶이 다소 불만족스럽더라도 있는 그대로 받아들이고 주어진 것들을 최대한 누리는 것. 그것이 고달픈 인생을 보다 즐겁게 살고, 누구에게나 주어진 인생 창고를 풍요롭게 채우는 방법입니다. 추억을 만들기에 늦은 때란 없습니다. 사소하지만 다시는 오지 않을 일들을 한번쯤 찾아 시도해보면 어떨까요.

지나가는 감정에
너무 크게 흔들리지 마라

피할수록 더 커지는 것이 우울감입니다.

우울감은 참 얄궂은 면이 있어서 떼어버리려고 하면 더 들러붙습니다.

싫어도 그냥 끼고 사는 것이 오히려 우울을 다스리는 방법입니다.

내가 부족하고 못나서 우울감에 시달린다고 생각하지 마십시오.

누구에게나 우울한 시기가 있다는 걸 이해하고 받아들이면

어느 순간 마음 안에 햇살이 비쳐듭니다.

우울감은 자신을 두려워하지 않는 사람 곁에는 머물지 않습니다.

사람을 사동차에 비유하면 감정은 자동차를 움직이는 엔진이라고 할 수 있습니다. 살면서 느끼는 여러 가지 감정은 우리가 무언가를 선택하고 행동하는 데 결정적인 역할을 합니다. 아무리 이성적인 사람이라고 해도, 감정을 무시하고 논리적으로만 행동할 수는 없습니다. 본능적으로 사람은 이성보다는 감정을 따르게끔 설계돼 있기 때문입니다. 그래서 인생을 살아가는 데 있어 감정을 잘 조절하는 것이 무엇보다 중요합니다.

얼마 전에 한 여성으로부터 이런 이야기를 들었습니다. 워킹맘으로 열심히 잘살고 있는데 요새 들어 갑자기 우울한 기분이 들어 견딜 수 없다는 것이었습니다. 아이들도 예쁘고 남편도 성실하게 집안일을 도와주는데, 도무지 즐겁지 않고 아무것도 하고 싶지 않다는 겁니다. 사연을 듣고 이렇게 말해주었습니다.

"걱정 마세요. 아주 정상입니다. 저도 그렇거든요."

무언가 속 시원한 해결책을 기대했겠지만, 사실 이게 정답입니다. 대부분의 사람들은 기쁨, 즐거움, 설렘, 기대감 같은 긍정적인 감정은 흔쾌히 받아들이면서 불안이나 우울, 무기력, 초조함 같은 부정적인 감정은 있어서는 안 될 큰 문제처럼 여기고 두려워합니다. 마치 자신이 큰 병이라도 걸린 양 겁을 먹고 빨리 털어버리려고 애를 쓰지요. 하지만 마음을 힘들게 하는 이런 부정적인 감정도 응당 받아들여야 할 삶의 일부입니다. 내가 불완전하고 못나서가 아니라 사람이라면 누구나 겪는 자연스러운 경험이라는 겁니다.

누구에게나 우울한 날은 있다

신부라는 직업 특성상 하루에도 수차례 사람들의 상처와 고민을 들어줍니다. 개인적으로 면담할 때도 있지만 상당 부분은 성당의 고백소에서 듣게 됩니다. 익명이 보장되어서인지 대부분의 사람은 고백소에서 정말 숨기고 싶은 치부, 자신의 모자란 점을 낱낱이 털어놓습니다. 30년 넘게 고백소에서 그들의 이야기를 들어주며 깨달은 건 모든 인간은 불완전하고 나약한 존재라는 사실입니다. 겉으론 아무렇지 않은 듯 보여도, 다들 저마다의 불안과 우울을 안고 살아가고 있습니다. 얼마 전 만난 한 정신건강의학과 교수는 이렇게 말하기도 했습니다.

"정신과 의사들 대부분은 자기 문제 해결하려고 이 일을 택해요. 너무 힘들고 우울한데 원인을 못 찾아서요."

재미있는 것은 성직자들도 별반 다르지 않다는 것입니다. 숭고한 소명 의식에서 성직자의 길을 택한 사람도 분명 있지만 많은 성직자들이 내 안에 풀리지 않는 괴로운 의문들, 존재의 불안감을 해결하려는 욕망에서 이 길을 택합니다. 하지만 사제로 산다고 해서 마음이 늘 평화로운 건 아닙니다.

"신부님은 감정도 잘 다스릴 것 같고, 불안감 따위는 없을 것 같아요."

자주 듣는 말이지만 천만의 말씀입니다. 유년기부터 사제가 된 후 한 10년까지는 내 감정과의 싸움이 전부였다고 해도 과언이 아닙니다. 사제복을 입은 마당에 어디 가서 하소연할 수도 없고, 시시때때로 찾아드는 무기력과 우울감과 싸우느라 몹시 힘들었습니다. 이런 부정적인 감정들로부터 조금씩 벗어날 수 있었던 것은 그런 감정들에 대해 스스로 '포기 선언'을 하면서부터였습니다.

'아 오늘은 좀 우울하네? 할 수 없지 뭐.'

아무리 애써도 사라지지 않는 나쁜 감정들을 있는 그대로 받아들이기로 마음먹은 것입니다. 어차피 없애지 못 하는 감정이면, 그냥 옆에 끼고 살자고 결심했습니다. 그런데 그렇게 마음먹고 나니 희한하게 두려운 마음이 사라졌습니다. 불안과 우울을 어떻게든 피하려고 할 땐 그런 감정들이 너무 두려웠는데, 그냥 마음 한 켠을 내줘버리고 나니 나를 함몰시킬 것 같은 두려움이 순한 양처럼 작아졌던 겁니다.

내 멋대로인 마음, 흘러가는 대로 바라보기

피할수록 더 커지는 것이 우울감입니다. 우울감은 참 얄궂은 면이 있어서 떼어버리려고 하면 더 들러붙습니다. 싫어도 그냥 끼고 사는 것이 오히려 우울을 다스리는 방법입니다.

이렇게 말하는 나도 시시때때로 찾아드는 우울감이 반갑지만은 않습니다. 하지만 피하거나 두려워하면 더 힘들다는 것을 알기에, 걱정과 두려움이 유독 심하게 느껴질 때면 그냥 '오늘은 우울한 날'이라고 인정해버립니다. 그냥 덤덤히 받아들이고, 이 시간이 지나가길 기다리는 겁니다. 이럴 땐 성직자인 것이 어드밴티지로 작용합니다. 애써 다른 누군가를 찾지 않고, 그냥 조용히 기도하면 되니까요. 물론 기도를 한다고 당장 문제가 해결되는 건 아닙니다. 힘든 마음이 갑자기 즐거워지거나 우울감이 씻은 듯 사라지지는 않는다는 겁니다.

하지만 스스로를 가만히 들여다보는 시간을 통해 내면의 힘을 기르는 기반을 쌓을 수 있습니다. 그러는 중에 "나는 왜 이럴까?"라는 의문 대신 "그래도 괜찮아"라는 긍정의 언어가 자리하게 되지요. 그런 시간들이 차곡차곡 쌓이면 어느덧 내 안에 자긍심이 쌓입니다. 나약하지만 이겨낼 힘도 있다는 것, 불완전한 대로 나는 꽤 괜찮은 사람이라는 것을 깨닫는 겁니다.

인지행동치료 분야의 최고 권위자로 불리는 데이비드 번스는 이렇게 말했습니다.

"아무리 극심한 불안과 우울에 시달려도 회복할 가능성은 얼마든지 있으며, 자살을 해야 할 정도로 '전혀 해결할 수 없는' 문제를 안고 있는 경우를 나는 본 적이 없다."

우리의 감정을 만들어내는 건 내가 처한 상황이 아니라 우리의 생각입니다. '별것 아니다, 괜찮다'고 생각하면 끔찍하게 두려운 감정들이 정말 아무렇지도 않은 듯 변합니다. 하루아침에 되는 건 아니지만 연습에 연습을 거듭하다 보면 어느 날은 아픈 감정이 조금 빨리 회복된다는 걸 알게 되지요.

그래서 나는 우울감으로 힘들어하는 사람들에게 이렇게 말해줍니다.

"우울하고 불안하다고 두려워하지 마세요. 일단 두려워하면 지게 돼 있습니다."

나만 힘든 게 아니라 많은 사람이 저마다 마음의 고통을 안고 산다는 것, 우울감 때문에 고통스러울지언정 시간이 지나면 반드시 회복된다는 것을 깨우쳐주는 겁니다. 우울한 감정이 불러오는 타성과 피곤함에서 벗어나려면 먼저 스스로 일어서야 합니다.

우울감이 지나쳐 스스로를 쓸모없는 사람이라도 느낀다면 이마저도 사실 쉽지는 않을 겁니다. 하지만 아무것도 하지 못하고 주저앉은 그 상황에서도 자신을 탓하진 마십시오. 다른 사람들은 어떻게 견디는지 모르겠다고 묻고 싶겠지만, 다른 사람도 당신에게 같은 질문을 던지고 있다는 걸 알았으면 합니다. 여름날 장마가 지나가길 기다리듯, 각자 자신만의 방식으로 시시때때로 찾아드는 우울이 지나가길 기다릴 뿐이라는 것도 알았으면 합니다.

내 안의 분노와
평화롭게 지내는 법

사소한 일로 화를 내면
그런 작은 일로 분노하는 내가 싫어서 더 화가 납니다.
이런 나를 감추고 싶은 마음이 커져 또 다시 화가 치밉니다.
내 입에서 상대에게 비난의 화살이 나오는 바로 그 순간,
'일단 멈춤'을 선언하십시오.
분노하는 진짜 이유를 내 마음에서 찾아내는 훈련을 해야만
화의 악순환을 멈출 수 있습니다.

자기PR이라는 말이 일상어가 된 요즘, 남을 좀 불편하게 하더라도 자기감정을 솔직하게 드러내는 것이 미덕처럼 받아들여지고 있습니다. 참지 않고 당당하게 화를 내는 것이 문제가 되기는커녕, 오히려 그렇게 해야 정신 건강에 좋다고들 합니다.

물론 틀린 말은 아닙니다. 내 감정을 겉으로 드러내는 일은 바람직한 인간관계를 만들 때 무척 중요합니다. 하지만 느끼는 대로 마음껏 화를 분출하는 게 꼭 바람직하다고 볼 수는 없습니다.

배가 고프다고 마구 먹어대면 속병이 생기거나 비만에 걸리는 것처럼, 감정 표현도 적절하지 않으면 상대는 물론 나에게도 좋지 않은 영향을 미칩니다. 지나치게 화를 내도 문제고, 아무 말도 못 한 채 참기만 하는 것도 문제입니다. 어느 경우든 내게 그런 면이 있다면 내 안에 나도 모르는 '하자'가 있다는 증거입니다.

"왜 남편과 아이만 보면 화가 날까요?"

코로나 시대에 새롭게 등장한 키워드로 '파김치'라는 말이 있다고 합니다. 재택근무를 하는 남편과 집에서 온라인 수업을 하는 아이들을 하루 종일 상대하느라 지친 엄마를 뜻한다고 합니다. 집안일 하는 것만도 힘든데, 하루 세 번 식사도 챙겨야지, 남편 비서 노릇에 아이들 공부까지 챙기려니 몸도 마음도 파김치가 돼버렸다는 겁니다.

신경 쓸 일이 많으니 그만큼 힘든 게 당연하지만, 사실 파김치가 되리만큼 지치는 건 내 안의 화를 조절하지 못해서입니다. 사람이 느끼는 여러 감정 중 분노만큼 에너지를 소진시키는 것이 없으니까요.

아이나 남편에게 화를 내는 사람들을 가만히 살펴보면 한 가지 공통점이 있습니다. 마음 안에 과도한 기대를 갖고 있다는 것입니다. 아이를 위해, 남편을 위해 잔소리를 하고 이것저것 시킨다고 하지만, 사실 그 마음 안에는 상대에 대한 기대감이 자리하고 있습니다.

"나 좋으라고 화를 내겠어요? 다 저 잘되라고 하는 소리지요."

많은 엄마들이 이렇게 말하지만, 그렇지 않습니다. 표면적으로는 아이를 위하는 것처럼 보일지 몰라도 내면에는 공부 잘

하는 아이를 보고 싶은 '기대감'이 자리하고 있습니다. 남편에 대해서도 마찬가지입니다. 이 정도는 해줬으면 하는 바람이 있는데, 그 바람을 채워주지 못하니 자꾸 화를 내고 싸우게 되는 겁니다.

전 세계적인 베스트셀러 《행복한 이기주의자》의 저자 웨인 다이어는 화에 대해 '기대가 충족되지 않았을 때 경험하는 자기 통제가 불가능한 반응'이라고 말했습니다. 여기서 핵심은 '통제 불능'입니다. 만일 가족 등 가까운 사람에게 이성을 잃고 화를 낸 적이 있다면, 설령 그것이 상대의 잘못에 기인했더라도 내 안에 통제 못하는 과도한 기대가 자리하고 있지는 않은지 짚어볼 필요가 있습니다.

비단 가정에서뿐만이 아닙니다. 상사나 부하직원 때문에 화가 치밀어 견딜 수 없는 것도 그 기저를 잘 살펴보면 '상대에게 기대하는 내 마음의 작용' 때문인 예가 많습니다. 알아주기를 바라는 마음이 외면당할 때 상대 탓을 하며 분노가 표출되는 것이지요. 모든 감정이 그렇듯 화 역시 생각이 만들어낸 것입니다. 그저 우발적으로 생기는 것이 아닙니다. 상황이 내가 원하는 대로 나아가지 않을 때, 그 결과 실망하게 될 때 우리는 그 실망에 대한 반응으로 화를 드러내게 됩니다.

기대를 줄이는 만큼 화는 줄고 평정심이 찾아듭니다. 상대는 내가 아니며, 사람은 타인의 기대가 아닌 내가 원하는 대로 살아가는 존재라는 걸 자각하면 과도한 기대는 자연스럽게 줄어들게 됩니다.

화내기 전에 스스로에게 던져봐야 할 질문

배가 고프면 밥을 먹고 졸리면 잠을 자듯, 살면서 느끼는 감정들은 자연스러운 본능일 뿐 그 자체로는 잘못이 아닙니다. 따라서 화가 난다고 그것을 옳고 그름, 좋고 나쁨으로 자꾸 판단하려고 할 필요가 없습니다. 분노에 대해 자책감을 느끼지 말라는 뜻입니다.

하지만 분노를 행동으로 옮기는 것은 문제입니다. 화를 참지 못할 때 사람들은 대부분 상대 탓, 상황 탓을 합니다. 네가 잘못해서, 상황이 내 뜻대로 흘러가지 않아서 화를 낼 수밖에 없다고 말하지요.

"저런 모습을 보고 어떻게 화를 내지 않을 수 있습니까?"

"이렇게나 노력했는데, 모든 게 허사가 되고 말았어요."

하지만 도저히 참지 못하는 상황은 없습니다. 분노가 걷잡을 수 없이 치밀어 올라 나도 모르게 화를 냈던 순간을 생각해보십시오. 사람에 따라, 상황에 따라 화를 내도 큰 문제가 안 되니까(내 화가 먹혀들 만하니까) 화를 내는 겁니다. 회사에선 너무나 친절한 사람이 집에 돌아오면 폭군으로 돌변하거나, 부모에겐 그렇게 쌀쌀하게 굴면서도 자식에겐 온 애정을 쏟지 않습니까. 도저히 참을 수 없다고 하지만 결국 상대를 봐가면서 화를 내는 겁니다.

화를 내는 자신에게 정당성을 부여하려고 애를 쓰지만 과도하게 표출되는 분노는 어느 순간에서도 타당하지 않습니다. 왜냐하면 과도한 분노는 결국 내 안의 열등감에 불이 붙어서 생기는 것이기 때문입니다.

스스로를 괜찮게 여기고 현재 내 모습에 만족하는 사람은 누군가 내게 함부로 하거나 상처 주는 말을 해도, 한걸음 떨어져서는 그러려니 하고 넘깁니다. '저 스스로 바보짓을 하는데, 내가 화를 낼 필요가 없지. 바보 같은 행동에 화를 내는 건 똑같이 바보가 되는 거야' 하며 무시해버리는 겁니다.

계속 강조하지만 화는 자연스러운 감정이어서 무시할 필요도 없고 애써 감출 필요도 없습니다. 하지만 분노의 결과가 상대도 내게도 상처로 남으니 만큼 화를 표현하는 새로운 방법을 배울 필요가 있습니다.

분노가 느껴지면 속으로 '일단 멈춤'을 선언해보십시오. 자리를 피해도 좋고 여의치 않으면 숨을 크게 들이쉬며 호흡을 가다듬는 것도 좋습니다. 그리고 스스로에게 물어보십시오. '왜 이렇게 화가 날까?' 상대에게 향하던 화살을 거두고, 시선을 내게 돌리는 겁니다. 내가 이루지 못한 것을 상대에게 투영하고 있지 않은지, 풀지 못한 문제를 엉뚱한 데서 풀려고 하는 건 아닌지, 화를 내서 내가 얻는 게 무엇인지… 스스로에게 질문 몇 개만 던져도 분노는 한층 수그러듭니다.

무엇이든 화로 시작한 것은 부끄럽게 끝이 나게 마련이며, 화를 냈을 때 가장 상처를 받는 것은 결국 자기 자신이라는 걸 기억해야 합니다. 다른 사람은 잊으십시오. 그리고 스스로 선택하십시오. 화를 선택하느냐, 마음의 평정을 선택하느냐는 오직 나의 의지에 달린 일입니다.

결코 상대로부터
받은 상처 때문에
무너지지 말 것

———— 사랑과 배신에 관하여 ————

남녀 간의 사랑에는 단계가 있습니다.

사랑에 푹 빠지는 단계를 '뛰는 사랑'이라고 한다면

그다음 단계는 한 곳을 바라보며 '걷는 사랑',

마지막 완성 단계가 편히 쉬면서 힘이 돼주는 '머무는 사랑'입니다.

이를 거부하고 가슴 뛰는 사랑만 고집하면 그 사랑은 집착으로 변질됩니다.

연인으로 인해 받은 상처가 너무 크다면

내 사랑이 지금 어디쯤 와 있는지 꼭 한번 살펴보십시오.

드라마든 영화든 애인이나 부부 사이가 사달이 날 땐 꼭 휴대전화가 등장합니다. 상황은 대동소이한데, 대개 배우자나 애인 몰래 통화기록과 문자메시지를 뒤져보다가 결정적인 증거(?)를 잡습니다. 판도라의 상자가 열리고, 달달했던 멜로가 서스펜스 스릴러로 바뀌는 순간입니다. 드라마나 영화에서는 대부분 주인공이 우여곡절 끝에 사랑의 승리자가 되지만, 안타깝게도 현실에서는 아름다운 결말을 보기 힘든 게 사실입니다.

주변 반대를 무릅쓰고 사랑을 좇아 결혼한 여성이 있습니다. 1년간의 끈질긴 구애 끝에 독신을 고집하던 남편을 설득했습니다. 형편은 부족했지만 남편은 외모도 수려하고 친절한 사람이었습니다.

그런데 결혼한 지 3년쯤 지났을 무렵, 남편이 야근이 부쩍 늘더니 술에 취해 들어오는 날도 많아졌습니다. 어쩌다 일찍 퇴근해서도 방에 틀어박혀 저녁 내내 전화를 했고요.

남편의 일거수일투족을 매의 눈으로 살피던 여성은 기어이 남편 휴대전화의 잠금 패턴까지 알아냈습니다. 그러고는 몇날 며칠에 걸쳐 짬짬이 들여다본 끝에, 의심을 확신으로 굳혔습니다.

"분명히 여자였어요. 그것도 아주 친한 여자요. 참다 참다 남편한테 따져 물었습니다. 그랬더니 되레 화를 내더라고요. 기껏 하는 말이 새 거래처에서 우연히 대학 후배를 만났다나요. 이제는 대놓고 제 앞에서도 전화를 하네요."

믿었던 사랑에 배신당한 분노에 이 여성은 이혼을 생각한다고 했습니다.

자기 인생이니 이혼이든 별거든 스스로 선택하는 게 맞지만, 과연 남편과 헤어진다고 이 여성의 인생이 정상궤도를 찾을지는 사실 의문입니다. 헤어질 때 헤어지더라도 나를 지금 지옥에 빠트린 것이 오로지 남편 때문인지 진지하게 생각해봐야 합니다.

변하지 않는 사랑은 없다

사랑에는 여러 종류가 있습니다. 부모 자식 간의 사랑, 친구와의 사랑, 연인과의 사랑 등 대상에 따라 사랑은 조금씩 다른 형태를 띕니다. 이런 여러 종류의 사랑 중에 유독 남녀 간의 사랑에선 '빠진다'는 표현을 씁니다. 서로 설렘을 느껴 머리에 폭죽이 터지고 열정으로 도배되는 달콤한 사랑이지요. 그런데 그런 사랑은 사실상 오래가지 않습니다(생물학적으로도 그런 사랑이 오래 간다면 심장에 큰 무리가 올 겁니다). 이런 사랑을 '뛰는 사랑'이라고 한다면 그 다음 단계는 한 곳을 바라보며 '걷는 사랑', 마지막 완성 단계가 서로 편히 쉬면서 힘이 돼주는 '머무는 사랑'입니다.

문제는 사랑이 진전되는 양상이 사람마다 다르다는 겁니다. 그저 뛰는 사랑에 계속 머무는 사람도 있습니다. 이런 사람은 열정적인 감정이 식으면 사랑이 끝나기라도 할 것처럼 조바심을 내면서 끊임없이 상대를 갈망합니다. 하지만 사랑이 다음 단계로 성숙하지 않으면 일과 가족, 친구, 꿈 등 내 삶이 완전해지는 데 꼭 필요한 다른 조건들을 간과하게 됩니다. 다른 세계는 무시한 채 상대에게만 몰두하느라 '나'를 잃어버리기 때문입니다.

그 결과 남는 것은 상대에 대한 집착입니다. 상대의 모든 것을 알아야 하고, 잠시라도 떨어져 있으면 안 되며, 나 이외의 다른 관계를 용납하지 않게 되는 겁니다. 하지만 그런 사랑은 상대방을 목졸라 결국 떠나버리게 만듭니다. 설사 떠나지 않더라도 마음은 없고 몸만 함께하는 관계가 되지요. 사람은 모두 누군가에게 소속되고 싶어 하면서도 그와 동시에 자유와 독립을 지키고 싶은 모순된 마음을 가지고 있기 때문입니다.

연인 혹은 부부라면 한번쯤 상대의 휴대전화에 남겨진 '내가 모르는 흔적'을 보고 싶은 생각이 듭니다. 사랑하는 사람을 더 알고 싶고 공유하고 싶은 건 당연한 마음입니다.

그러나 상대의 동의 없이 지속적으로 그의 생활을 확인해야 한다면 정상적인 사랑의 모습은 아닙니다. 만일 내가 오직 배우자(혹은 연인)만 바라보고 있다면 지금 내가 하고 있는 사랑 안에 과연 '내'가 존재하는지 자문해봐야 합니다. 나는 사라지고 온통 상대에 대한 마음뿐인 사랑은 상대는 물론 나 자신까지 피폐하게 망가뜨립니다.

충족 안 된 집착이 가져오는 것

집착을 경계해야 하는 이유는 첫째, 내 집착이 충족 안 되었을 때 이를 충족시킬 만한 다른 대상을 끊임없이 찾게 되기 때문입니다. 가장 대표적인 예가 아이입니다. 많은 사람들이 배우자에게서 충족되지 못한 욕구를 아이를 통해 보상받으려고 합니다.

이런 사람들은 아이를 위해 모든 걸 희생한다고 말하지만, 사실 충족되지 못한 내 마음이 투영돼 아이에게 많은 것들을 요구하는 것뿐입니다. 아이를 성공으로 이끌어 자신의 집착이 틀리지 않았음을 입증해 보이려는 것이지요. 하지만 이는 아이의 자립에 방해가 될 뿐입니다. 오히려 부모 자식 간의 사이만 멀어지게 하지요. 그래서 아이를 키우는 데 가장 중요한 조건 중 하나가 건전하고 독립적인 부부 관계입니다.

이렇게 현재의 관계에서 충족되지 못한 마음은 다른 사람을 갈구하게 만들지만, 다른 대상을 찾았다 한들 내가 달라지지 않는 한 같은 문제가 반복됩니다. 대개의 불륜이 배우자에게서 충족되지 않은 마음을 보상받으려는 심리에 기인하는데, 세상 어느 누구도 완벽히 내 마음을 채워줄 수는 없습니다.

나를 채워주는 것은 오직 나 자신입니다. 스스로 내 삶을 일구고 주체적으로 인생을 살아가지 않으면 이전과 똑같이 상대방에게 집착하게 되고 결국 실망과 의심, 분노를 되풀이하게 될 뿐입니다. 사랑을 갈구해 다른 사람을 택했지만, 여전히 충족되지 않은 기대 때문에 파국을 맞게 되는 겁니다.

집착은 다른 말로 '의존'이라고 할 수 있습니다. 의존은 좋게 보면 상대를 그만큼 믿는다는 뜻이지만, 나쁘게 보면 심리적인 노예 상태에 빠져 있다는 뜻입니다. 상대가 어떻게 하느냐에 따라 내 기분이 좌우되고, 그의 삶에 맞춰 내 하루가 돌아가니까요. 상대가 좀 친절하면 오늘은 좀 괜찮다가, 내일 좀 의심스러운 행동을 보이면 좋았던 기분은 바닥으로 떨어집니다. 사랑하기 때문에 그런 거라고 말하고 싶겠지만 결국 집착입니다. 집착할수록 상대의 태도에 따라 내 삶 전체가 흔들리게 되고, 종국에는 반드시 고통이 따르게 되어 있습니다. 내 생각, 내 판단, 내 꿈이 없는 삶이란 결국 공허한 메아리에 지나지 않으니까요.

우리가 생각하는 사랑은 상대에게 의지하는 마음까지 포함합니다. 하지만 상대를 사랑하면서도 홀로 설 수 있어야만 그 사랑을 지킬 수 있습니다. 그렇게 홀로 설 수 있을 때 비로소 상대에게 도움을 주고 필요한 존재가 됩니다. 그런 사랑이 오래 가는 이유는, 사람은 결코 자신을 더 나은 존재로 만들어주는 사람을 떠나지 않기 때문입니다. 그런 의미에서 좋은 결혼은 공동의 목표를 갖고 살아가되, 각자 자신의 모습을 지켜가며 서로의 꿈을 도와주는 관계가 아닐까 싶습니다. 따라서 아내와 남편으로, 아빠와 엄마로 사는 와중에서도 주체적으로 내 삶을 꾸리는 독립성을 지켜야 합니다.

위기 앞에서 반드시 던져봐야 할 질문

부부문제로 상담을 청하는 사람이 많습니다. 남편이 너무 미워서 견딜 수 없다는 아내도 있고, 아내를 더 이상 사랑하지 않는다며 죄책감을 털어놓는 남편도 있습니다. 그럴 때마다 나는 스스로 이런 질문을 던져보라고 말합니다.

"나는 무엇으로 사는가?"

상대와 관계없이 내 삶을 따로 떼어놓고 생각해보라는 겁니다. 고통스러운 마음에서 해방되려면 나는 누구이며 무엇을 목표로 사는지, 내가 이루고 싶은 것이 무엇인지 답이 있어야 합니다. 이루고 싶은 꿈을 갖고 자주적으로 내 삶을 꾸려가는 사람은 위기가 닥쳐도 의연합니다. 배우자 문제든 아이 문제든, 살면서 위기는 언제든 닥칩니다. 특히 가장 가까운 사이인 부부 사이에서는 남들은 알 수 없는 크고 작은 위기가 끊임없이 발생합니다. 그럴 때 인생을 주체적으로 살지 못한 사람은 대개 상대를 힐난하거나 반대로 무시해버립니다. 어느 쪽이든 화살은 상대에게 향해 있습니다.

어느 위기에서든 평정심을 갖고 흔들리지 않으려면 평소 내가 원하는 삶을 스스로 꾸려가며 살아야 합니다. 삶의 주도권을 상대에게 주지 말고, 스스로 행복할 줄 알아야 한다는 것입니다. 서로가 없어도 충분히 잘살 수 있지만, 그럼에도 불구하고 함께하기로 선택하는 것이 부부나 연인의 사랑입니다.

내 옆에 누가 있던 상관없이(설혹 혼자 살더라도) 사람은 각자 자신의 인생을 갖고 있습니다. 자기 인생에 확신을 갖고, 내적으로 추구하는 꿈이 있으면 내면이 풍요롭습니다. 공허함이 들어설 틈이 없지요. 그러니 타인에게 사랑을 구걸하지도 않고, 나만 바라봐주길 바라는 집착도 생기지 않습니다. 반대로 내 삶이 주체적이지 않고 내 인생을 타인의 어깨를 빌어 살아간다면, 늘 사랑에 목말라하게 됩니다. 사랑을 주기보다 사랑을 받는 것이 유일한 목적이 되고 마는 것이지요. 하지만 확실하게 사랑받을 수 있는 유일한 방법은 스스로 사랑받을 만한 가치 있는 사람이 되는 것입니다.

좋은 결혼을 유지하려면, 혹시라도 닥칠 수 있는 불륜의 유혹에 함락되지 않으려면, 독립적으로 내 삶을 키워갈 정서적 힘을 키워야 합니다. 어느 순간에서도 가장 중요한 사람은 나이며, 소중한 나를 지켜줄 수 있는 건 오직 나뿐이라는 사실을 잊지 말아야 하는 이유가 여기에 있습니다.

인생의 가장 큰 죄는
삶을 즐기지 못한 죄다

'언젠가' 만나는 행복은 없습니다.
살면서 누리는 행복은 미래에 있지 않고
살아 숨 쉬는 현재에 있습니다.
현재 행복하지 않으면 미래에도 행복할 수 없습니다.
현재의 행복을 누릴 줄 아는 사람은
힘들고 어려운 문제를 만났다고 해도 쉽게 털어버립니다.
고통 속에 사느라, 다시 오지 않을 오늘을
놓쳐서는 안 된다는 것을 알기 때문입니다.

자진 사임으로 세간을 놀라게 한 교황 베네딕토 16세와 그 뒤를 이은 베르고글리오 추기경(프란치스코 교황)의 이야기를 다룬 〈두 교황〉이라는 영화가 있습니다. 각색을 많이 했겠지만, 사실 여부를 떠나 굉장히 인상 깊은 장면이 있었습니다. 추기경 직을 내려놓고 평범한 사제로 돌아가려던 베르고글리오 추기경은 자신의 뒤를 이어 교회를 이끌어달라는 베네딕토 교황의 요청을 긴 설전 끝에 마침내 받아들입니다. 마음을 연 그는 베네딕토 교황에게 평생 가슴에 묻어둔 젊은 시절의 과오를 고백하고 용서를 받습니다.

이후 고백성사는 계속됩니다. 이번에는 베네딕토 교황이 베르고글리오 추기경에게 죄를 고백합니다. 평생을 규율과 원칙을 좇아 살아온 교황이 고백한 첫 번째 죄는 무엇이었을까요.

"아이였을 때 가장 먼저 지은 죄는 삶을 제대로 즐길 만한 용기를 포기했던 거예요. 그래서 나는 책 속에 파묻혀 공부만 했습니다. 이제야 알겠어요. 세상의 공허함과 덧없음을요. 그런 이유로 교회가 존재하겠죠."

영화 속 노년의 교황이 고백한 생애 최초의 죄는 '용기를 내 삶을 즐기지 못한 것'이었습니다. 피아노 건반 위에서 실수하는 것이 두려워 유년 시절부터 좋아하던 음악도 포기하고 말았지요. 만일 어린 시절부터 일상의 소소한 기쁨을 누리며 스스로 행복해지는 용기를 좀 더 냈더라면, 사임을 앞둔 그의 고백은 조금 다르지 않았을까요. 그는 스스로를 좀 더 사랑하지 않은 것, 보다 행복한 선택을 하지 않은 것을 용서받아야 할 죄로 고백했습니다. 각색된 영화이지만, 여든이 넘은 황혼의 교황이 전하는 담담한 고백은 우리 삶에도 적지 않은 물음을 던집니다.

안타깝게도 우리 대부분은 우리에게 주어진 삶을 제대로 즐기지 못합니다. 행복은 뒤로 미룬 채 극기 훈련을 하듯 참고 견디며 극복해야 하는 것이 인생이라 여기며 살아갑니다. 하지만 어린아이의 천진난만한 웃음은 1년만 지나도 다시 볼 수 없습니다. 바쁘다는 핑계로 차일피일 가족 여행을 미뤘는데 어느 순간 부모님은 내 곁을 떠납니다. 언젠가 입으려고 아끼던 옷을 꺼내보니 곰팡이가 껴서 버리고 맙니다.

우리는 늘 내일을 기약하며 지금 즐겨 마땅한 일들을 자꾸 미룹니다. 찾아보면 당장 누릴 수 있는 소소한 것들이 너무 많은데, '언젠가는'이라는 말만 되풀이하며 눈앞의 작은 행복을 포기합니다. 목적지에 이르는 것만 생각하다가 정작 아름다운 풍경은 다 놓치고 마는 여행사 관광처럼 말입니다.

다시 말하지만 '언젠가' 만나는 행복은 없습니다. 살면서 누리는 행복은 미래에 있지 않고, 살아 숨 쉬는 현재에 있습니다. 현재 행복하지 않으면 미래에도 행복할 수 없습니다. 현재의 행복을 누릴 줄 아는 사람은 힘들고 어려운 문제를 만났다고 해도 쉽게 털어버립니다. 고통 속에 사느라, 다시 오지 않을 오늘을 놓쳐서는 안 된다는 것을 알기 때문입니다.

내가 어느 순간에도 재미를 포기하지 않는 이유

성직자로 평생을 살고 있는 내게 독신 성직자가 된 걸 후회한 적 없느냐, 매일 기도하는 삶이 힘들지 않느냐, 사는 재미를 어디서 찾느냐 많이들 묻습니다. 인생의 즐거움과 재미는 애당초 포기하고 힘든 수행만 할 거라고 지레짐작들을 하는 모양입니다.

하지만 나는 단란한 가정을 이룬 사람들이 가끔 부럽기는 해도 신부가 된 걸 후회해본 적은 없습니다. 아침저녁으로 하는 기도가 가끔 귀찮을 때도 있지만, 그 시간이 부족한 나를 일깨

운다는 걸 알기에 기꺼운 마음으로 기도합니다.

그리고 가장 중요한 것이 있습니다. 성직자이기 때문에 이런 저런 제약 속에 살고 있지만, 살면서 어느 순간에도 인생의 즐거움과 재미를 포기한 적이 없다는 것입니다. 아니, 아주 적극적으로 놀 궁리를 하고, 어떻게든 재미를 찾습니다. 정말 하기 싫은 일을 해야 할 때는 그 안에서 조금이라도 나를 즐겁게 할 만한 무언가를 꼭 찾아냅니다. 의미를 부여하는 한편, 피할 수 없는 상황을 최대한 즐기는 겁니다.

재미와 즐거움을 좇아 사는 것. 생각해보면 너무 당연한 얘기입니다. 이는 "왜 사는가?"라는 아주 원론적인 질문의 답이기도 합니다. 물론 살면서 많은 고통과 어려움, 의무와 책임이 따르지만 인생에 아무 즐거움과 재미가 없다면 굳이 열심히 살 이유가 있을까요. 사는 낙이 어디에도 없다면 한 번뿐인 인생이 너무 억울하지 않겠습니까.

현대 문명이 들어선 이래 우리 사회는 노동과 생산성, 속도와 성과 등에 가치를 두면서 '놀이'와 '재미'를 좇는 인간의 본능을 무시해왔습니다. '노는 인간'을 무가치한 존재로 비하해 왔지요. 놀이와 재미가 자본주의가 추구하는 이익 창출에 방해가 된다고 판단했기 때문입니다. 하지만 놀지 못하는 사람은 자유를 즐길 수도 없고, 주체적인 인생을 살아갈 수도 없습니다. 놀이를 잃은 채 '필요'에 의해서만 움직이다보니 결국 일의 노예로 전락하기 때문입니다. 아무리 부와 명예를 거머쥔다 한들, 일에 치여 의무와 책임에 짓눌려 산다면 그 인생은 불행할 수밖에 없습니다. 재벌가 오너나 명망 높은 학자가 한순간의 쾌락에 빠져 나락으로 떨어지는 것도, 진정한 재미와 보람을 찾지 못해서이지 않을까요.

다 자란 어른이 미약한 어린아이보다 불행한 것은 아무 재미없이 일만 하는 일상, 놀이가 빠진 강제 속에 묶여 살기 때문입니다. 아이 때는 너나 할 것 없이 누구와도 잘 놉니다. 세상 모든 것을 흥미롭게 받아들이면서 어떻게든 재미있는 것을 찾아냅니다. 하지만 어른이 되어 삶에 생기와 의욕의 불을 지펴주는 '놀이'에서 점차 멀어지면서 행복에 이르는 길에서도 멀어지고 맙니다.

노는 것을 미성숙하고 게으른 사람의 전유물로 생각들을 하지만, 놀이를 하찮게 여기는 사람은 인생을 자기 뜻대로 살지 못합니다. 일과 타인에게 인생의 선택권을 넘겨주고 행복을 저당 잡히기 때문입니다. 하지만 잘 놀고, 재미를 찾는 법을 아는 사람은 인생의 자율권을 단단하게 틀어줍니다. 놀이와 재미는 생각보다 힘이 세며, 사람으로 하여금 스스로 행복해지는 선택을 하게 만듭니다.

행복의 원칙, 일상에서 누릴 수 있는
소소한 기쁨을 절대 포기하지 말 것

사람이 재미를 느끼는 데는 두 가지 상황이 있다고 생각합니다. 첫째는 즐거운 일을 할 때, 둘째는 내가 누군가에게 도움이 될 때입니다. 그렇다면 가장 재미있는 순간은 즐거운 일을 통해 누군가에게 도움을 줄 때일 겁니다.

나는 사람을 만나는 일이 참 즐겁습니다. 특히 화가나 음악가, 작가, 배우 등 순수하게 예술을 하는 사람들과 어울리기 좋아합니다. 단순히 먹고 즐기는 것이 아닙니다. 순수하게 예술을 추구하는 사람들은 흥과 꿈 그리고 저마다의 스토리가 있습니다. 함께 있으면 그들의 흥과 꿈이 전이돼 나도 함께 가슴이 뛰고 설렙니다. 그렇게 즐거운 시간을 함께하다 보면 그들을 도울 방법이 떠오릅니다. 큰 도움이 아니더라도 그들의 꿈에 한 숟가락쯤 도움을 보태면 굉장히 마음이 뿌듯합니다. 뜻하지 않은 삶의 재미와 기쁨을 이때 맛보는 겁니다.

사람 만나는 재미, 사람에게 힘을 보태는 재미에 흠뻑 빠진 뒤 나는 뭔가 놀이가 될 만한 '거리'를 만들어 사람들을 불러 모으곤 합니다. 재미있는 곳을 부지런히 찾아다니는 한편 직접 재밋거리를 만들어 사람들을 불러 모읍니다. 꽤 오래전부터 매해 생일 파티를 하는 것도 이런 이유에서입니다. 축하받기 위해서가 아니라, 신나는 공연을 볼 때처럼 모두 함께 잘 놀기 위해서입니다. 작년 회갑에는 '홍창진 신부의 세 번째 스무살 파티'라고 이름까지 붙였습니다. 불특정 다수에게 문자메시지로 직접 초대장을 날렸지요. 선물은 필요 없고, 자기가 먹은 밥값만 부담하자는 원칙도 세웠습니다. 자리가 부담스러우면 노는 재미도 덜 할 테니까요.

이 사연을 어느 칼럼에도 썼습니다. 바쁘다고 생일까지 건너뛰면서 재미없게 살지 말고, 일 년에 하루만이라도 사랑하는 사람들, 보고 싶은 사람들을 만나 마음껏 웃어보라고 말입니다. 생일 축하 자리를 빌려 그간 전하지 못한 고마움을 전하면 기쁨은 훨씬 더 커질 것이라는 조언도 덧붙였습니다.

사는 게 재미없다면서
왜 아무것도 하지 않는가

나는 꽤 오래전부터 기회가 닿을 때마다 히말라야를 찾고 있습니다. 얼마 안 되는 휴가를 모아 열흘 남짓 산을 오르면서 어수선한 마음을 정리하는 시간을 갖습니다. 그 짧은 시간이 주는 풍요로움은 마음에 깊게 남아 현실의 삶을 꾸려가는 데 적지 않은 위안을 줍니다. 거대한 자연의 기운과 네팔 사람들의 순수한 웃음은 바쁘게 앞만 보고 달려온 내 일상을 반추하게 해주지요. 말 그대로 '온전한 쉼'을 경험하는 시간입니다.

히말라야에 오른 이야기를 사람들에게 하면, 그중 몇몇은 눈을 빛내면서 "신부님, 다음엔 저도 데려가주세요" 합니다. 구체적으로 일정이 잡히면 꼭 연락을 달라면서요. 그러면 나는 그 사람들의 이름을 잘 메모해둡니다. '히말라야 등반 예비 명단'을 적어두는 겁니다. 그런데 실제로 정말 히말라야에 함께 오르는 사람은 명단의 10분의 1이 채 안 됩니다. 50~60명 중 많아야 다섯 명 정도가 약속대로 산에 오릅니다.

그들이라고 여건이 좋은 게 아닙니다. 아니 히말라야행을 포기한 다른 사람보다 시간도 경제적 여유도 오히려 부족합니다. 단 하나 다른 점이 있다면 자신을 위해 작은 용기를 냈다는 겁니다. 재미있는 것은 현실을 내려놓고 산행을 다녀온 사람들의 변화입니다.

"산더미 같은 업무가 걱정됐는데, 걱정 자체가 떠오르지 않아요. 일은 어떻게든 해내겠죠."

"사는 재미가 다른 데 있는 게 아니네요. 이걸 왜 여태까지 몰랐을까요."

표정도 밝고 의욕도 넘쳐 보입니다. 삶이 힘겹기는 산을 다녀오기 전과 똑같은데 현실을 대하는 마음가짐이 달라진 겁니다. 몰랐던 삶의 재미, 포기했던 일상의 휴식을 되찾음과 동시에 즐거운 인생을 사는 방법을 스스로 깨우친 것이지요.

히말라야라는 장소가 중요한 건 아닌 듯합니다. 지치고 힘든 일상을 바꾸기 위해 변화를 시도했다는 사실이 중요합니다. 사는 게 재미없다, 인생이 너무 힘들다, 매일 말만 하면서 대부분은 아무 시도도 하지 않습니다. 아무것도 하지 않는 건, 결국 살던 대로 살겠다고 선언하는 것과 다름없습니다.

우리의 현실은 늘 정신없이 바쁘게 움직입니다. 우리를 바쁘게 움직이게 하는 건 대부분 우리 의지대로 이끌기가 어려운 사안들입니다. 당장 먹고살아야 하니 회사에 나를 맞춰야 하고, 가족을 챙겨야 하니 하고 싶을 일보단 해야 하는 일에 맞춰 살게 됩니다. 그러다보면 정말 내가 좋아하는 일, 내 본연의 모습에선 점차 멀어지게 됩니다. 책임과 의무를 지키면서 성장과 보람을 얻는 것도 중요하지만, 동시에 억압에서 풀려나 본연의 내 모습으로 순수한 즐거움을 찾을 줄도 알아야 합니다. 두 가지가 적절히 균형을 이뤄야만 힘든 인생 속에서도 행복을 누리며 살 수 있습니다.

"지금 평화와 기쁨을 누리지 못한다면 언제 평화와 가쁨을 누릴 수 있을 것인가? 지금 이 순간 내가 행복해지는 것을 방해하는 것은 무엇인가?"

세계적인 영성지도자이자 평화주의자인 틱낫한 스님이 《마음에는 평화, 얼굴에는 미소》에서 던진 질문입니다. 우리는 그동안 너무 많이 스스로를 닦달하면서 살아왔습니다. 그 결과 시간을 내 즐거움을 찾는 것보다 스스로를 다그치고 채찍질하는 것이 익숙하고 편합니다. 그런 의미에서 보자면 내 인생을 어둡고 슬픈 비극의 드라마로 만드는 건 어쩌면 우리 자신일지도 모릅니다. 조금만 시선을 돌리면, 조금만 용기를 내면 우리가 누릴 수 있는 행복이 꽤 많다는 것을 알았으면 합니다.

남 말고 나한테
좋은 사람이 돼라

———————— 거절에 관하여 ————————

살다보면 자신의 짐을 꼭 누군가의 어깨에
대신 짊어지게 하려는 사람들을 한 번쯤 만나게 됩니다.
이럴 때 상대 탓만 하지 말고, 한번 자문해보십시오.
"다른 사람들이 나를 함부로 대하도록 허용하지는 않았는가."
누군가에게 "예"라고 말할 때는 온 마음을 다해야 합니다.
그럴 마음이 들지 않는다면 "아니요."라고 말해야 합니다.
거절 의사를 표한다고 망가질 관계라면
애초부터 당신이 생각하는 가까운 관계가 아닙니다.

거절 못하는 사람들의 심리는 뭘까요? 그냥 솔직하게 "상황이 어렵다" "하기 싫다" "못 하겠다" 이렇게 몇 마디만 하면 될 것을 끙끙 앓다가 타이밍을 놓쳐 상황을 더 어렵게 만들거나, 결국 다 떠안고 감당하지 못해 허덕입니다. 설사 어렵게 거절했어도 마음이 편치 않습니다. 거절당한 쪽은 진작 잊어버렸는데, 내 거절로 관계가 망가질까 봐 전전긍긍합니다.

사람들은 보통 거절하는 것을 상대방을 무시하는 예의 없는 행동이라 생각합니다. 그러다보니 설사 거절했다손 치더라도 상대의 반응에 주목하면서 신경을 끄지 못합니다. 행여 상대가 조금이라도 서운한 기색을 보이면, 마치 자신이 나쁜 사람이 된 것처럼 죄책감을 느낍니다. 거절을 못 해도 마찬가지입니다. 애써 상대의 부탁을 들어주고 내 시간을 들여 도움을 줬는데, 상대가 그런 내 마음을 알아주지 않는 것 같아 서운하고 화가 납니다. 상대의 청을 들어주면 늘 이용만 당하는 '호구', 청을 거절하면 자기만 생각하는 '나쁜 사람'이라는 흑백논리를 갖고 있는 것입니다. 결국 거절 여부를 떠나 상대가 무언가 요청하는 것 자체가 스트레스가 되고 맙니다.

이렇게 거절을 못 하는 사람들은 남에게 부탁도 못 합니다. 남도 나와 같은 마음일 거라 생각하기 때문입니다. 상대가 나를 한심하게 볼 것 같고, 내 부족한 면을 들킬 것 같아 수치심이 듭니다. 반면 거절을 잘하는 사람은 부탁도 잘합니다. 사람은 결코 모든 문제를 혼자 해결할 수 없으며, 내 요청이 거절당해도 그것이 나를 거부하는 게 아니라는 걸 명확히 아는 것입니다.

거절 잘하는 사람들을 가만히 살펴보면 한 가지 특징이 있습니다. 관계의 중심에 항상 내가 있다는 것입니다. 그래서 남을 돕더라도 스스로 생각하기에 타당하고, 내가 보람을 느낄 수 있을 때만 움직입니다. 애써 돕고도 억울한 마음이 드는 상황을 애초에 만들지 않습니다.

이는 이기적인 것과는 다릅니다. 이들은 내가 소중한 만큼 상대도 소중하다는 걸 잘 압니다. 나만큼 상대를 존중하기 때문에 거절을 하더라도 감정을 싣지 않습니다. 단호하지만 부드럽게, 변명 대신 솔직한 마음을 담아 거절의 뜻을 전하기 때문에, 듣는 상대도 기분이 상하지 않습니다. 오히려 거절을 통해 서로를 더 잘 이해하게 되지요.

옳고 그름의 기준을 내려놓고, 마음에게 묻기

사람과 사람의 관계에서 우리는 늘 무언가 결정을 해야 합니다. 정말 중요한 일은 물론 점심 메뉴를 고르는 사소한 것에서조차 결정이 따릅니다. 그런데 흔히들 이런 결정을 참 어려워합니다. 이는 모든 것을 '옳고 그름'이라는 이분법적 사고를 두고 판단하기 때문입니다. 결정을 미루는 것은 이런 이분법적 사고가 낳은 부작용입니다. 옳고 싶다는 바람이 결정을 미루게 하는 겁니다.

거절을 명쾌하게 못 하는 것도 마찬가지입니다. 옳고 싶다는 (나쁜 사람이 되고 싶지 않다는) 바람 때문에 거절을 못 합니다. 설사 거절을 했어도 마음이 편하지 않습니다. 내가 잘못한 게 아닐까 자꾸 생각합니다. 이제부터라도 거절에 대한 생각과 기준을 바꿔야 합니다.

사제는 어떻게 보면 남의 부탁을 들어주는 게 직업인 사람입니다. 잘 때도 휴대전화를 꺼둘 수 없습니다. 한밤중에 누군가 위독하다는 연락이 오면 임종을 앞둔 사람의 마지막을 함께하기 위해 이불을 박차고 뛰어나가야 합니다. 주말에도 미사를 마치고 휴대전화를 확인하면 많은 메시지가 와 있습니다. 안부를 묻는 따뜻한 메시지도 있지만, 대부분은 급한 부탁이나 도움을 청하는 내용입니다. 절반 정도는 마음이 힘든 사람들의 SOS, 나머지는 비영리 봉사단체를 비롯한 여러 기관의 자문 요청, 칼럼 청탁이나 방송 출연 제의 등입니다.

하루에도 십수 번 이런저런 요청을 받는데, 어려운 상황에 처한 사람들의 부탁은 있는 힘껏 들어줍니다. 도움을 줄 사람을 연결시켜주고, 문제가 해결되지 않을 땐 틈날 때마다 기도를 합니다. 내 능력 밖의 일을 신께 의탁하는 겁니다.

하지만 신부도 사람인데, 사람들의 청에 일일이 응하는 게 쉽지만은 않습니다. 그럼에도 불구하고 이 모든 과정을 흔쾌히 받아들이는 건, 나를 찾는 이들의 말과 행동에서 거짓 없는 진심을 느끼기 때문입니다. 그들이 가진 문제를 함께 해결해가며 내가 살아갈 이유, 나의 존재 가치를 다시 한번 확인하게 됩니다. 몸이 좀 힘들기는 해도 마음이 억울하거나 불편하지 않지요.

부탁을 거절할 때는 하나입니다. 상대에게 필요한 것이 '도움'이 아닌 '수단'일 때입니다. 정말 어려워서(제 힘으로는 해결할 수 없어서) 하는 부탁과 자기 이익을 위해 상대를 이용하려는 부탁은 눈빛과 태도에서 차이가 납니다.

처음에는 잘 분간이 안 될 때도 있지만, 내 이익만 좇는 마음은 몇 차례 접촉하는 과정에서 반드시 드러납니다. 그럴 때 나

는 우물거리거나 미루지 않고, 'Stop' 선언을 합니다. 어떤 형태로든 결과가 좋지 않으리라는 걸 알기 때문입니다. 상대가 자기 이익만을 챙긴다는 걸 알았으니 진심을 다해 그를 도울 리 없고, 상대 역시 그런 내게 불만을 가질 게 뻔합니다. 나도 안 좋고 상대도 만족 못할 일을 굳이 계속할 이유는 없습니다.

"신부님은 참 이상해요. 어느 땐 그렇게 잘 도와주시다가 어느 땐 냉정하게 거절하시더라고요. 기준이 뭐예요?"

상황마다 내 태도가 다르니, 주변 사람들이 보기엔 이상한가 봅니다. 하지만 어느 때고 기준은 내 마음의 소리입니다. 저 사람이 내게 사심 없이 접근하는지, 그가 말하는 진심에 나 스스로 움직일 의욕이 드는지, 마음에게 묻는 것입니다. 누구보다 내 마음은 답을 알고 있습니다. 마음이 하는 소리를 따라가면 결과 여부를 떠나 적어도 후회하진 않습니다.

해야 할 것보다 하지 말아야 할 것이 더 많다

태어나면서부터 우리는 해야 할 것에 둘러싸여 있습니다. 부모님 말씀을 잘 들어야 하고, 선생님이 시키는 공부는 군말 없이 해야 하며, 상사가 지시하는 일은 무조건 따라야 합니다.

"싫어요"라고 말하면 소외당하거나 비난받을까 봐 참고 견디기를 택합니다. 나도 모르는 새 '예스맨'이 되어버리는 겁니다. 하지만 그러는 중에 내 삶은 불필요한 일과 소중하지 않은 사람들 차지가 되어버리고 맙니다. 나는 온데간데없고 영혼 없는 기계만 남을 뿐이죠. 이렇듯 해야 할 것보다 하지 말아야 할 것들에 둘러싸여 인생을 허비하는 사람이 너무 많습니다.

거절은 '하지 말아야 할 것'들을 버리는 첫걸음입니다. 내가 나를 존중하겠다는 일종의 자기선언이기도 합니다. 남으로부터 존중을 받으려면 우선 자기 자신을 존중할 줄 알아야 합니다. 내가 나를 존중하지 않으면서 남이 나를 존중해주길 바랄 수는 없는 노릇입니다.

그런 의미에서 보자면, 과도한 공감 능력이 때로 독이 되기도 합니다. 배려는 좋은 미덕이지만 필요할 때는 배려의 손길을 거둘 줄도 알아야 합니다. 이는 타인에 대한 배려심을 유지하는 전제 조건이기도 합니다. 배려가 배반으로 돌아오거나 원망으로 남을 때 타인을 순수하게 돕고 싶은 마음은 당연히 사라지니까요. 그럴 경우 정말 들어줘야 할 부탁도 외면해버리는 실수를 저지르게 됩니다.

무조건 "예"만 외치지 않고 필요할 때 "아니오"를 외치려면, 내게 손길을 뻗는 상대를 두고 이렇게 자문해봐야 합니다.

'이 사람은 나에게 친구인가(친구가 될 수 있는가)?'

여기에 확신이 서지 않는다면, 그 관계는 어떤 도움을 주고 받든 후회로 남을 게 뻔합니다.

누구나 지금 당장
행복해질 수 있다

———— 만족에 관하여 ————

살면서 느끼는 대부분의 분노는
만족할 줄 모르는 욕심에서 비롯한 경우가 많습니다.
바라는 바가 이루어지지 않아서, 상대가 내 뜻대로 따라주지 않아서
남 탓 세상 탓을 하며 화를 냅니다.
내가 가진 것이 얼마나 소중한지 깨닫고 나면
화낼 일이 하나도 없습니다.
그것이 행복으로 가는 첫걸음입니다.

한국 사회에서 만족할 만한 삶의 환경은 어느 정도일까요? 일류대를 나와 대기업에서 넉넉한 연봉을 받고, 아이 둘 정도 키우면서 내 명의의 집이 있으면 만족할 만한 수준일까요? 100세 시대라고 하니, 부모에게 물려받을 유산이나 노후를 위해 꿍쳐둔 통장 몇 개 정도는 더 있어야 할까요?

요즘 들어 남편만 보면 화가 치밀어 견딜 수가 없다는 40대 주부가 있습니다. 초등학생 둘을 키우느라 학원비는 엄청나게 드는데, 집 한 채 없이 전세대란에 불안해하는 자기 신세가 너무 한심합니다.

남편은 작은 회사에서 잘 오르지도 않는 박봉을 몇 년째 받으며 일하고 있습니다. 심지어 업무량도 많아 거의 매일 야근인데, 어쩌다 일찍 퇴근하는 날도 밥 먹고 바로 곯아떨어지기 일쑤입니다. 동창들은 이미 좋은 아파트에서 비싼 과외까지 시켜가며 아이들을 키우고 있는데, 자기만 뒤처지는 것 같아 하루에도 몇 번씩 한숨이 나옵니다.

남편에게 잘못이 없다는 건 그녀 스스로도 잘 압니다. 하지만 남편 얼굴만 보면 세상에 대한 원망과 현실에 대한 불안이 한꺼번에 튀어나와 짜증을 내게 됩니다. 그 나이 먹도록 돈도 못 벌고 뭐했나 싶고, 나는 이렇게 걱정이 태산인데 자기 혼자 무사태평인 것 같아 화가 더 치밀어 오릅니다.

남편이 성실한 사람이라는 걸 누구보다 잘 알고 있고 한편으론 측은한 마음도 듭니다. 하지만 아이들 교육비와 살림살이를 걱정하다 보니 어느덧 남편에게 화내고 있는 자신을 발견하게 됩니다. 이런 자신도 힘들지만 남편에게 자꾸 상처를 주고, 아이들에게도 나쁜 영향을 미치는 것 같아 마음이 너무 무겁습니다.

주체 못하는 감정 때문에 힘들다는 한 여성의 사연입니다만, 대한민국에 사는 평범한 주부라면 누구라도 한번쯤 겪는 문제가 아닐까 합니다. 그런데 나는 한 가지 의문이 듭니다. 만일 내 명의의 집이 있고 남편이 월급 많이 주는 대기업에 다닌다면 이 주부의 화가 가라앉을까요?

내 생각엔 절대 그렇지 않을 것 같습니다. 대궐 같은 집에서 남부럽지 않게 산다 한들 또 다른 이유로 화가 날 게 뻔합니다. 이 사람의 화는 내 집이 없고 남편 월급이 적어서가 아니라, 만족할 줄 모르는 욕심이 만든 것이기 때문입니다.

늘 만족하지 못하는 사람들의 특징

1995년 미국 코넬대학교 심리학 연구소에서 올림픽 메달리스트들의 행복지수를 분석한 적이 있습니다. 연구팀은 은메달리스트와 동메달리스트가 경기 종료 순간 어떤 표정을 짓는지 조사했습니다. 조사 결과, 경기가 끝나고 메달 색깔이 결정되는 순간 동메달리스트의 행복지수는 10점 만점에 7.1점으로 나타났습니다. 하지만 은메달리스트의 행복지수는 겨우 4.8점에 불과했습니다. 성적으로만 본다면 은메달리스트가 동메달리스트보다 더 우위를 차지했는데 행복의 크기는 반대로 나온 것입니다.

연구소는 선수들의 인터뷰 내용도 분석했습니다. 은메달리스트는 "거의 ~할 수 있었는데"라며 아쉬움을 표했지만 동메달리스트는 "그래도 이 정도는 이루었다"라면서 만족감을 드러냈습니다.

왜 은메달리스트가 순위가 더 낮은 동메달리스트보다 자기가 이룬 것에 대해 더 만족하지 못했을까요? 은메달리스트는 자신의 처지를 금메달리스트와 비교한 반면 동메달리스트는 자신에게 져서 메달을 따지 못한 선수에 시선을 두었습니다. 잘못했으면 아예 메달권에 들지도 못했을 텐데 동메달이라도 획득해서 얼마나 감사한가 하고 만족했던 겁니다.

인생도 다르지 않습니다. 전셋집에 살면서 박봉으로 아이들을 기르는 게 힘들다고 하지만 사실 이만큼 살지 못하는 사람도 많습니다. 병든 시부모는 물론 미혼의 시동생까지 책임져야 하는 사람도 있고, 때 아닌 사고로 남편이 장애를 입은 사람도 있습니다. 형편이 어려워 결혼식도 올리지 못한 채, 일용직으로 아이를 키우는 부모도 있습니다. 아픈 아이를 키우며 하루하루 살얼음판을 걷는 심정으로 사는 사람은 또 얼마나 많은지요. 하지만 그들 모두가 세상 탓, 남 탓을 하며 불행하게 사는 건 아닙니다. 처한 환경이나 곁에 있는 사람이 모든 화의 원인은 아니라는 말입니다.

발달장애 아이를 가진 부모들을 꽤 많이 알고 있습니다. 이들은 아이의 장애를 인정하기까지 꽤 오랜 시간 힘들어합니다. 첫 반응은 '부정'입니다. 하지만 현실을 직시하고 자기 인생 안으로 아이를 받아들이는 순간 오히려 괴로움에서 벗어납니다. 남보다 조금 부족한 아이로 인해 지금까지 몰랐던 사랑과 기쁨을 알게 된다는 겁니다.

내게 주어진 것에 초점을 두는지, 미처 얻지 못한 것에 초점을 두는지에 따라 삶의 만족감과 행복도는 이렇게 달라집니다. 남편 때문에 화가 난다고 하지만 그래도 화를 낼 남편이 있다는 것이 얼마나 다행한 일입니까. 화가 치밀어도 화낼 대상이 없는 가정이 다반사입니다. 박봉에 시달려 힘들다 해도 언제 잘릴지 모르는 계약직 근로자나 일용 노동자가 볼 땐 너무 부러운 삶입니다.

과한 욕망은 마른 장작불이다

그럼에도 불구하고 자기 처지에 만족하는 사람은 없습니다. 사람인 이상 욕망 없이 세상을 살아갈 수 없기 때문입니다. 갖고 싶은 욕망, 이기고 싶은 욕망, 사랑받고 싶은 욕망 등등 사람의 욕망은 무수히 많습니다. 또한 이 욕망을 채우느냐 못 채우느냐에 따라 행복을 맛보기도 하고 불행을 느끼기도 합니다. 행불행의 기준을 욕망의 달성에 두는 겁니다.

하지만 내가 가진 욕망을 모두 채우는 건 현실적으로 불가능합니다. 더군다나 사람의 욕망은 아무리 채워도 더 커지기만 하지 줄어들지 않습니다. 사는 데 아무 문제없던 집도 친구네 고급 아파트를 보고 나면 살기 싫어집니다. 돈 잘 벌고 잘나가는 사람들을 보면 멀쩡한 직장을 이직하고 싶은 마음이 듭니다. 더 좋고 안락한 것에 눈을 뜨면 지금 가진 것에 만족하기 어려운 것이 사람의 마음입니다.

하지만 욕망에 사로잡히는 순간 이제부터는 내가 욕망을 이끄는 것이 아니라 욕망이 나를 지배합니다. 욕망을 채울 때 맛보는 일시적인 기쁨에 들떠서 더 많이 갖고 더 높이 오르려고 애를 쓰게 됩니다. 눈앞의 당근만 쫓아 쉴 새 없이 내달리는 경주마처럼 말입니다.

그리스 신화에 보면 에리식톤이라는 부유한 왕의 이야기가 나옵니다. 에리식톤은 모든 것을 갖췄지만 오만하고 불손해 감사를 모르는 사람이었습니다. 자만심이 극에 달한 그는 주변의 만류에도 불구하고 신이 아끼는 신수(神樹)를 제 멋대로 베기에 이르렀습니다. 크게 노한 신은 그에게 저주를 내립니다. 그가 받은 저주는 아무리 먹어도 허기가 지는 영원한 식욕이었습니다.

이후 에리식톤은 먹고 또 먹어도 계속해서 굶주림에 시달렸습니다. 결국 갖고 있던 엄청난 재산을 먹는 데 모두 탕진하고, 급기야 사랑하는 딸까지 팔아서 음식을 사 먹습니다. 그러고도 허기가 가시지 않아 마지막엔 자신의 몸까지 뜯어 먹어버립니다. 결국 남은 건 치아뿐이었는데, 그래도 식욕을 놓지 못해 계속 이를 들썩이며 세상을 떠돌게 됩니다.

자기 몸까지 뜯어 먹고도 모자라 하나 남은 치아로 계속 허기를 채우려는 에리식톤의 저주는 우리가 살면서 느끼는 욕망을 빼다 박았습니다. 채워도 채워도 끝이 없고, 나중에는 스스로를 파멸시키는 위험한 유혹입니다.

종종 사람들에게 내가 우스갯소리로 하는 말이 있습니다.

"어디 욕망껏 끝까지 내달려보세요. '현타' 옵니다."

농담처럼 던지는 말이지만 살면서 꼭 한번 생각해볼 명제입니다. 욕망 없이 도저히 살 수 없는 세상살이이긴 하지만 욕망의 한계선을 긋지 않고 마구 내달리면 마지막에 이르러 마주하게 되는 것이 허무함과 분노, 불안입니다.

피할 수 없는 욕망의 덫에 사로잡히지 않으려면 내가 가진 것에 초점을 두고 감사하는 마음을 가져야 합니다. 스스로 만족할 줄 알아야 한다는 것입니다. 내 처지가 한심하고 나만 부족한 것 같고 세상살이가 고통스럽더라도, 그런 마음을 받아들이는 것 자체가 나를 있는 그대로 수용하는 과정이며 누구나 겪는 삶의 일부라는 걸 알았으면 합니다.

그리고 화만 내지 말고 가끔은 나 자신과 주변 사람들에게 '격려와 칭찬'이라는 인생의 조미료를 뿌려줬으면 좋겠습니다. 일과 사람에 치여 파죽이 된 날에 "그래도 괜찮아. 충분히 잘했어" 하고 내가 나를 격려하는 겁니다.

분노유발자인 남편(혹은 자식이나 친구, 동료)이 가끔 측은해 보일 땐 "요즘 고생이 많네. 힘내!" 하며 은근 슬쩍 위로해주고요. 분노와 절망이 열 번 찾아오더라도, 이런 격려 한마디가 우울하기 짝이 없는 인생살이를 버텨낼 힘이 된다는 사실을 잊어선 안 됩니다.

무엇보다 행복은 다른 데 있지 않고 내가 내게 느끼는 만족감, 사람에게서 느끼는 친밀감에 있다는 걸 기억하며 살았으면 합니다.

명성과 지위는
연극의 배역일 뿐이다

———————— 성공에 관하여 ————————

직위와 명성은 내 이름 뒤에 따라붙은 꼬리표일 뿐

그것이 내 인생을 대변할 수는 없습니다.

연극으로 치면 내게 주어진 역할일 뿐입니다.

무대 위에선 맡겨진 역할에 충실하면 됩니다.

무대에서 내려오면 내 본 모습으로 살아야 합니다.

이름 뒤에 붙은 꼬리표에 연연해하는 건

인생에서 가장 중요한 자유를 반납하는 것과 다르지 않습니다.

모 방송 라디오 프로에 매주 한 번 게스트로 참여하고 있습니다. 방송을 진행하는 이는 진행자이자 피디여서 청취율에 무척 민감합니다. 주기적인 청취율 조사는 물론이고 방송국 수시 평가에도 꽤 신경이 쓰이는 모양입니다.

그만의 이야기가 아닙니다. 방송국 사람들에겐 시청률이 자기 프로의 실적이고, 행불행을 좌우하는 절대 기준입니다. 그래서인지 방송국이 몰려 있는 서울 상암동 일대를 비롯해 마포 인근에 이르기까지 정신과 병원이 항상 만원이라고 합니다. 곁에서 지켜보면 방송사의 경쟁은 생사가 오가는 전쟁터를 연상시킵니다.

한번은 방송 중에 한때 잘나가던 사업이 망해 이혼까지 당하고 부모에게 얹혀산다는 한 남성의 이야기를 접했습니다. 생계를 위해 일용 노동자로 일하고 있는데, 그런 자기 처지가 너무 괴로워 함께 사는 부모님과도 대화를 단절한 채 홀로 견딘다는 사연이었습니다. 고민에 조언을 해주는 입장인 나는 이렇게 답해주었습니다.

"이제부턴 명함 없이 사세요. 사회적으로 명성이 있을 때는 그 이름으로 사람들에게 인정도 받고 목표한 일을 성취하는 맛으로 살지만, 명성이 사라지면 이름값에 기대지 않고 지금의 자리에서 하루하루를 충실히 살면 됩니다. 다 내려놔도 얼마든지 잘살 수 있습니다."

그런데 진행을 맡은 피디가 곁에서 듣고 있다가 속내를 털어놓았습니다. 청취율이 떨어질 때마다 지옥을 체험했다고, 숫자에 상관없이 충분히 잘살 수 있는데 큰일 날 것처럼 노심초사하며 힘들게 살았다고 말입니다.

이름에 붙은 꼬리표가 나를 대신할 수는 없다

꽤 오래 전부터 연극 무대에 서고 있습니다. 전문배우가 아닌지라 무대에 오르기 전까지 꽤나 공들여 연습을 하는데, 적지 않은 시간을 배우들과 함께하다 보면 연기자 하나하나의 특성이 눈에 들어옵니다. 배역이 아니라 배역 이면의 모습이 보이는 겁니다.

그중 특히 내 눈을 사로잡는 사람들은 평생을 무대 위에서 살아온 관록 있는 조연들입니다. 그들은 어느 역할이 주어지든 단 한 장면을 위해 같은 대사 같은 동작을 수없이 연습합니다. 연습이 거듭될수록 그 역할에 깊숙이 들어가 한 치의 어긋남 없이 혼연일체되는 걸 느낄 수 있습니다. 역할 자체로 변신을 하는 겁니다. 그렇게 완벽히 체화된 연기는 실제 무대 위에서도 고스란히 관객에게 전달됩니다. 비록 작은 역할이지만 그는 더 이상 팸플릿에 작게 소개된 조연이 아닙니다. 주연보다 강한 조연, 요즘말로 '신스틸러'가 되는 겁니다. 공연 후 회식 자리에서 한 조연배우로부터 이런 말을 들었습니다.

"모든 역할에는 각자 나름의 인생이 있어요. 그 무대에서만 조연이지, 자기 인생에선 모두가 다 주인공 아닙니까. 그러니 저한텐 모든 역할이 다 주인공입니다."

어떤 마음으로 세상을 바라보느냐에 따라 우리가 인생에서 얻는 가치는 이렇게 달라집니다. 성공도 마찬가지입니다. 성공의 척도를 흔히 부와 명예에 두지만 살면서 내 이름 뒤에 붙은 명성이나 직위는 내게 주어진 역할일 뿐 그 자체로 의미 있는 가치는 아닙니다. 서울대학교 심리학과 최인철 교수의 《프레임》에 이런 일화가 나옵니다.

새벽부터 밤늦게까지 더러운 쓰레기를 치우고 거리를 청소하는 일을 평생 해온 환경미화원이 있었습니다. 존경받는 직업도 아니고 월급이 많은 것도 아닌데 늘 표정이 밝았습니다. 이를 궁금하게 여긴 한 젊은이가 어떻게 항상 얼굴이 행복해 보이는지 이유를 물었습니다. 젊은이의 질문에 환경미화원은 이렇게 말했습니다.

"나는 지금 지구의 한 모퉁이를 청소하고 있다네."

잘사는 것이 인생의 성공이라 정의한다면 바로 이런 삶이 성공한 삶이 아닐까요. 직위와 명성은 내 이름 뒤에 따라붙은 꼬리표일 뿐 그것이 내 인생을 대변할 수는 없습니다. 연극으로 치면 내게 주어진 역할일 뿐입니다. 설사 주인공을 맡았다 하더라도 자만에 빠져 그 역할에 충실하지 않는다면 반짝 스타로 대중에게 잊히고 맙니다. 반면 역할에 의미를 부여하고 최선을 다하면 스스로 만족하는 건 물론 주연 못지않은 깊은 감동을 남깁니다.

인생의 한계를 뛰어넘는다는 것

나는 개인적으로 '개천에서 용 난다'는 속담을 싫어합니다. 현실은 엄연히 불공평하고 부조리한데, 모든 사람에게 어떻게든 한계를 뛰어넘으라고 종용하는 것 같아서입니다. 누구나 나름대로의 인생 고충이 있지만 성장 환경이나 타고난 재능에 따라 고충의 정도가 다른 것이 엄연한 현실입니다.

개천에서 용이 되어 날아올라야만 성공한 인생이라는 통념도 착각입니다. 오랫동안 사람들의 사랑을 받아온 한 유명 가수는 소년원 출신임에도 불구하고 노력 끝에 정상에 올랐습니다. 드물게 개천에서 용 난 경우입니다. 그런데 그는 소년원으로부터 아이들을 위해 특강을 해달라는 요청을 여러 차례 받고도 매번 거부했습니다. 출신이 드러나는 게 두려워 자기만의 성을 쌓고 아이들의 희망을 외면해버린 겁니다. 이대로라면 평생 고립되어 외롭게 살 게 분명합니다.

젊어서 사업에 크게 성공해 남부럽지 않게 돈을 번 어느 사업가는 한순간의 이익에 눈이 멀어 법정에서 거짓 증언을 했다가, 죄책감을 이기지 못해서인지 그만 병상에 몸져눕고 말았습니다. 의식불명인 채로 이제는 가족들과 마지막 인사조차 나누지 못할 지경입니다.

반대의 경우도 있습니다. 한때 승승장구하던 어느 정치인은 스캔들에 휘말려 그동안 누려온 명성과 깨끗한 이미지를 모두 잃어버렸습니다. 지위를 박탈당한 것은 물론 이미 이름이 세간에 너무 알려진 탓에 사실상 다른 일을 할 수도 없는 상황에 처했습니다. 억울하다고 아무리 호소해도 알아주는 이가 없습니다. 하지만 그는 절망하지 않고 스스로 행복할 수 있는 일을 택했습니다. 현재 그는 정치에 입문하기 전까지 해온 공부를 차곡차곡 정리해 기록화하고 있습니다. 아침저녁으로 명상을 하면서, 작은 것이라도 사람들에게 도움을 줄 수 있는 것이 무엇인지 고민하고 이를 실천에 옮깁니다. 명성 있는 자리에선 내려왔지만 그의 얼굴에선 전에 볼 수 없었던 평안과 만족감이 느껴집니다. 이름에 붙은 꼬리표에 연연하기보단 꼬리표 자체를 떼어버림으로서 자유를 얻은 것이지요.

미국 역사상 가장 존경받는 영부인으로 불리는 엘리너 루스벨트는 생전에 이런 말을 남겼습니다. "남들이 당신을 어떻게 생각할까 너무 걱정하지 마라. 당신이 동의하지 않는 한, 이 세상 누구도 당신이 열등하다고 느끼게 할 수 없다."

지위나 명예에 기준을 둔 성공은 상대적인 가치입니다. 이런 성공은 영원하지 못합니다. 진정으로 성공한 인생, 잘사는 삶은 세상이 정한 잣대와 상관없이 나 자신이 기준이 되는 삶입니다. 늘 흔들리는 인생을 살고 있다면 현재 내가 무엇을 좇고 있는지 자문해봐야 합니다. 우리가 그토록 바라는 행복과 성공은 쥐어지는 것이 아닌, 스스로 만드는 것임을 되새겨봤으면 좋겠습니다.

혼자 있는 시간이
인생의 많은 문제를 해결한다

고독과 소외감이 늘었다는 사람이 많습니다.

철학자 폴 틸리히는 '외로움'이란 혼자 있는 고통을 표현하기 위한 말이고,

'고독'이란 혼자 있는 즐거움을 표현하기 위한 말이라고 했습니다.

혼자 있는 시간을 두려워하지 마십시오.

건강을 위해 금식이 필요하듯 우리 마음에는 고독이 필요합니다.

바쁘게 열심히 사는데도 삶이 공허한 이유는,

마음 저 밑바닥에서 불러주기를 기다리는 나 자신을 외면해서입니다.

전통적인 천주교 수도회에는 일평생 타인과의 교류 없이 독수 생활을 하는 수도 신부들이 있습니다. 이들은 침묵의 고요 속에 노동과 기도, 명상만을 하며 살아갑니다. 수도회가 아닌 일반 교구의 재속 신부로 있는 나도 일 년에 2주는 독수 피정의 시간을 의무적으로 가져야 합니다. 불교 스님들도 여름과 겨울, 일 년에 두 차례 한 달간 안거 수행을 합니다. 종교인들은 왜 이런 홀로 침묵하는 시간을 의무적으로 가질까요?

사람에게는 가끔 홀로 침묵하는 중에 자신만을 바라보는 고독의 시간이 꼭 필요합니다. 원인을 알 수 없는 삶의 갈증을 해결하고 인생을 더 맛나게 즐기기 위해서입니다.

사실 현대인들은 혼자 있는 시간이 많습니다. 그럼에도 불구하고 굳이 혼자 시간을 갖는 것이 왜 필요할까 싶겠지만, 단지 독거를 한다고 혼자 있는 것은 아닙니다. 혼자 일을 해도 교신하는 누군가가 있고, 게임이나 영화를 혼자 즐긴다 해도 내게 즐거움을 주는 어떤 대상이 있습니다. 홀로 있어도 정말 혼자 있는 건 아니라는 얘기입니다. 고독의 시간은 사람이든 사물이든 사건이든 어떤 상대도 없이 오로지 나 자신과만 마주하는 시간을 말합니다.

고독을 통해 얻을 수 있는 것

"인간이라면 누구나 욕망이 있는데, 주어진 조건 안에서 욕망대로 사는 게 죄일까요?"

30대 청년이 내게 던진 질문입니다. 어차피 이 친구는 말려도 그렇게 살 사람이기 때문에 지칠 때까지 한번 마음껏 욕망을 채우며 살아보라고 했습니다. 하지만 알다시피 우리가 가진 조건은 욕망에 비해 너무 비루합니다. 그래도 그는 여건이 되는 대로 마음껏 욕망을 채우며 살았습니다. 월셋집에 살면서도 고급 차를 몰았고, 여자의 마음을 사려고 명품백도 샀습니다. 그런데 그는 돈이 다 떨어지기도 전에 다시 나를 찾아왔습니다.

"요즘 마음이 너무 허합니다. 고급 차로 허세부리는 것도 신나지 않고, 미모의 여자들을 만나도 재미가 없어요."

요샛말로 '현타'가 온 겁니다.

성경에 이런 구절이 있습니다. '사람은 빵만으로 살지 않는다.' 그렇습니다. 사람은 욕망으로만 살지 못합니다. 우리 자신을 가만히 들여다보면 우리 안에는 감성의 세계인 오감만 있는 것이 아닙니다. 이성의 세계도 있고 영성의 세계도 있습니다. 감성의 세계가 눈에 보이는 가치라면 이성과 영성의 세계는 보이지 않는 가치입니다. 보이지 않는 가치까지 충족될 때 인간은 비로소 사는 맛을 제대로 느끼게 됩니다. 이성의 세계인 배움과 성장의 욕구도 채워져야 하고, 영성의 세계인 현세를 초월한 세상과 교감하는 욕구도 채워져야만 갈증 없는 인생을 살 수 있다는 뜻입니다.

이 청년의 현타는 여기에 기인한 것입니다. 자기 안에서 끌어 오르는 욕망을 오직 오감의 만족으로만 채워보려는 미련한 생각과 행동이 낳은 결과인 게죠. 그래도 다행인 건 늦기 전에 마음의 갈증을 알아챘다는 겁니다. 청년이 감지한 헛헛한 마음은 내가 나를 부르는 신호입니다. 이제 그만하면 됐으니 나를 좀 봐달라고 내면의 내가 나에게 손짓하는 겁니다.

물론 홀로 나를 만나는 시간은 달콤하지 않습니다. 오감을 따라 욕망을 채우던 사람이라면 그 낯선 시간이 두려울 수도 있습니다. 그러나 그 시간이 싫다고 끝까지 고독의 시간을 외면하면 문제는 더 커집니다. 알코올이나 약물, 게임에 중독되

는 것은 나를 만나는 시간을 끝까지 회피하는 데서 오는 부작용입니다.

자신을 스스로 돌아보는 고독은 이성의 세계는 물론 마음 저 밑에 감춰진 영성의 세계까지 돌아보는 작업입니다. 인류사에 위대한 업적을 남긴 위인을 비롯해 자기 인생을 충분히 만족하며 살아낸 사람들은 모두 일정 기간 자기를 돌아보는 고독의 시간을 가졌습니다. 시인 라이너 마리아 릴케가 말했듯, '마음 저 밑바닥에서 불러주기를 기다리고 있는 나 자신'을 사랑하려고 노력해야 합니다. 이때 필요한 건 나 자신과 함께 충분히 머물려는 마음 하나뿐입니다.

고독의 시간을 갖기에 앞서 경계해야 할 것

다만 한 가지 주의할 점이 있습니다. 고독을 자발적인 고립과 혼돈해선 안 됩니다. 세상이 두려워 스스로 고립을 택한 사람들은 이렇게 말하며 자기합리화를 합니다.

"다른 사람은 없어도 돼. 상처받고 힘들게 사느니 차라리 혼자 있는 게 편해."

나 혼자 있기를 택한다고 하지만, 사실은 두려운 겁니다. 세상이 너무 무섭고 그런 세상에서 나는 잘 못 해낼 거라는 기우, 타인과 가까워지면 그들이 반드시 나를 다치게 할 거라는 의심, 다른 사람 앞에서 내 약점을 들키고 싶지 않다는 나약함. 사실 이 모든 것은 인간이라면 누구나 갖는 당연한 두려움인데, 희한하게도 이런 두려움은 혼자 있을 때 힘이 세집니다.

그래서 고독은 아주 쉽게 '고질적인 고립'으로 변질되곤 합니다. 세상 속에서 살아가지 않아도 된다는 달콤한 유혹에 사로잡히고 마는 것이죠. 하지만 사람은 결코 혼자 살 수 없는 존재일뿐더러, 한번 세상과 등을 지면 다시 되돌리기가 참 어렵습니다.

진정한 고독은 내면의 평화를 기르고 마음의 힘을 단단히 키우는 작업입니다. 하지만 고립은 두려움에 굴복하는 것이고, 한번 굴복하면 고립의 힘은 훨씬 커집니다. 그 결과, 혼자여도 나는 완벽할 수 있다고 스스로 최면을 걸게 되지요. 고독에도 연습이 필요한 이유가 여기에 있습니다.

이런 얘기를 하면 고독의 시간이 대단한 작업인 양 여기며 어려워들 합니다. 서른해 이상 의무적으로 고독의 시간을 가져온 입장에서 보자면, 고독에 들어가기에 앞서 '해야 한다'라는 말부터 머릿속에서 지워야 한다고 말하고 싶습니다. 매년 갖고 있는 2주간의 고독의 시간을 한마디로 표현하면 '무위

(無爲)'입니다. 아무것도 하지 않는 것입니다. 생각도 하지 않고 말도 하지 않습니다. 사람도 일도 걱정도 기쁨도, 나와 세상을 잇는 모든 연결고리들을 툭 놓아버립니다.

심지어 나는 침묵의 기간 동안 사제복도 걸치지 않습니다. 사제복에 딸려온 온갖 생각들을 마주하지 않기 위해서입니다. 가장 편한 옷을 입고 가만히 눈을 감고 있으면, 어느새 사물에 대한 생각, 사건에 대한 생각, 관계에 대한 생각이 하나둘 사라집니다. 대신 그동안 보기 싫다고 외면해왔던 내가 보입니다. 내가 가진 다양한 욕망이 서서히 보이기 시작하고, 그런 자신이 부끄러워 눈살이 찌푸려집니다. 그럼에도 불구하고 부족한 나를 똑바로 마주하고 있으면 측은한 생각도 들고, 한편 대견하단 생각도 듭니다. 그렇게 나 자신과 화해하며 잊었던 사랑의 가치, 보이지 않는 의미의 세계도 발견하게 됩니다.

재미있는 것은 고독의 시간을 충분히 갖고 나면 누군가와 함께하는 시간이 너무 소중하게 느껴진다는 사실입니다. 사람뿐 아니라 그동안 당연하게 여겨왔던 모든 일상이 눈물 나게 고마워집니다. 지금까지 아무 생각 없이 경험한 모든 것들을 고독이라는 약을 통해 정리하는 작업을 거치면서, 삶을 바라보는 새로운 눈을 얻게 되는 겁니다.

그러니 세상에 치여 힘든 날이 계속된다면, 가족조차 나를 외롭게 할 만큼 사람에게 받은 상처가 크다면, 뜻한 바를 이뤘는데도 마음이 불안하다면, 잠시라도 혼자 있는 시간을 가져보십시오. 아무것도 하려 들지 말고 숨 한번 크게 내쉬며 눈을 감아보십시오. 그런 시간이 계속될수록 나를 힘들게 한 많은 문제들이 나도 모르는 새 풀려 나가는 것을 알게 될 것입니다.

대부분의 비극은
삶을 대하는 자세에서 발생한다

―――――― 불행에 관하여 ――――――

인생에서 찾아오는 비극의 대다수는 사실

환경에 의해서 결정되는 것이 아니라

우리가 가진 성향에 의해 결정됩니다.

그런 의미에서 볼 때

불행은 문제가 많기 때문이 아니라

문제를 다루는 능력이 없기 때문에 발생합니다.

지금 불행하다면 문제를 대하는 내 태도를 점검해봐야 합니다.

요즘은 많이 바뀌었지만, 예전에는 한의원을 대표하는 이미지가 한약재를 수납하는 서랍장이었습니다. 약장(藥欌)을 빼곡히 메운 서랍들을 보면서 우리 마음 안에도 서랍이 가득하다는 생각을 했습니다.

한의원 약장의 서랍은 사람의 몸을 이롭게 하는 약재들로 가득합니다. 하지만 사람 마음 안에 있는 서랍은 꼭 그런 것 같지는 않습니다. 아니, 삶을 이롭게 하기보다 오히려 해를 끼치게 하는 것들로 꽉 차 있는 듯합니다. 여는 순간 절망과 좌절을 안겨다주는 이른바 '불행의 서랍'이죠.

대부분의 사람들은 마치 불행해지기로 작정이라도 한 듯, 괴로운 상황들을 산정해놓고는 마음 안에다 종류별로 불행의 서랍을 만들어놓고 삽니다. '병이 들면 불행할 거야' '애인이 떠나면 불행할 거야' '자식이 공부 못하면 불행할 거야' '돈을 못 벌면 불행할 거야' '부모님이 병으로 돌아가시면 불행할 거야' 등등 스스로 이미 불행해질 법한 상황을 정해놓고는, 실제로 그 상황이 닥치면 미리 만들어놓은 서랍을 바로 열고 "아, 난 불행해져버렸어" 합니다.

하나 변수가 있다면 돈입니다. 돈이 좀 많아지면 이미 만들어놓은 불행의 매뉴얼 중 상당 부분이 사라집니다. 사라진 불행 매뉴얼만큼 불행의 서랍 수도 일순간 줄어드는 것처럼 보입니다.

하지만 그도 잠시, 이제 다시 돈과 관련된 불행의 서랍을 만듭니다. '이 돈을 잃어버리면 불행할 거야' '투자한 돈이 손해나면 불행할 거야' '집값이 떨어지면 불행할 거야' 등등 자기만의 불행 매뉴얼을 다시 만드는 겁니다. 돈이 생겨 사라졌던 불행의 서랍은 다시 돈 때문에 채워지고 맙니다.

이렇게 불행의 서랍을 이미 잔뜩 만들어둔 사람들은 가끔 행복한 일이 생겨도 마음껏 누리지 못합니다. 좋아하는 여자와 사귀게 되어 너무 기쁜데, 그와 동시에 '이 여자랑 헤어지면 어쩌지?' '나한테 실망하지 않을까?' 하는 생각을 하게 됩니다. 행복의 서랍을 여는 것과 동시에 불행의 서랍을 같이 여니 온전한 기쁨을 느낄 수가 없습니다. 이런 사람은 어떤 경우를 대입해도 결과가 '불행'으로만 도출되는 잘못된 수식을 갖고 있기 때문에, 인생 전체가 불행할 수밖에 없습니다.

마음을 불행하게 만드는 행불행의 잣대

일전에 형편이 어려운 한 무명가수를 위해 작은 식당을 빌려 미니콘서트를 열었습니다. 시간이 됨직한 사람들에게 좋은 가수의 단독 공연이 있으니 와서 노래도 듣고 응원도 해주자고 문자메시지를 넣었지요. 서른 남짓한 사람들이 모여 중년의 무명가수가 부르는 노래를 하나씩 감상하며 진심으로 박수를 쳐주었습니다. 공연장이라고 하기엔 소박한 무대였지만 노래를 부르는 가수는 그 어느 때보다 행복해 보였습니다. 늘상 수심에 젖어 있던 얼굴에 그런 밝은 웃음이 숨어 있는 줄 그때 처음 알았습니다. 공연이 끝날 즈음 웃는 얼굴을 한 가수를 비롯한 좌중에게 나는 이렇게 말했습니다.

"명색이 신부인 내가 오십 줄에 들어설 때까지 마음을 울리는 진짜 기도가 잘 안 됐어요. 이전까지는 내가 만든 행불행의 잣대에 맞춰 살면서, 뭔가 불행하게 느껴질 때마다 기도를 했거든요. 행복과 불행을 내 생각대로 정해놓고 살던 시절이었죠. 그래서 내 뜻대로 되지 않는 게 너무 불행했는데, 그 기준을 놓아버리고 나니깐 마음이 편해졌어요. 행복과 불행은 다 우리가 만드는 겁니다."

자기 삶을 불행하게 생각하던 무명가수를 위해, 또 내일 아침이면 힘든 일상을 살아가야 하는 청중들에게 힘을 주고자 한 말이었지만, 이는 일종의 자기 고백이기도 했습니다. 희생하고 봉사하는 성직자의 삶을 산다고는 해도, 그 안에서조차 내가 원하는 것이 이뤄지면 행복해했고 내 뜻이 관철되지 않으면 불행해했던 것이 사실이니까요.

사람이기 때문에 바라는 것이 있는 건 당연하지만, 내가 정한 행불행의 잣대에 따라 살면 그 바람이 충족되지 않았을 때 불행해질 수밖에 없습니다.

사실 이렇게 말하는 나도 아직 행불행의 잣대를 완전히 놓아버린 것은 아닙니다. 아직까지도 내가 정한 행불행의 잣대에 따라서, 스스로 불행하게 느껴질 때마다 습관적으로 신에게 불만을 털어놓습니다. 하지만 그 순간 얼른 정신을 차리고, '아, 아직도 내가 불행의 서랍을 열려고 하는구나' 하며 얼른 마음을 바꿉니다. 그때 나오는 기도는 다릅니다. 불행하다고 툴툴대는 기도가 아니라, 스스로 만든 행불행에 잣대에 여전히 집착하고 있는 나 자신에 대한 성찰입니다. 여전히 부족한 면이 많은 내가 정신 차리게 도와달라는 기도이지요.

공연을 마친 가수는 내게 이런 말을 남겼습니다.

"신부님, 제가 괴로웠던 이유를 알겠어요. 내 노래를 사람들이 알아줘야 행복할 것 같고, 돈도 벌고 유명해져야 행복해질 줄 알았어요. 그게 안 돼서 불행했던 거예요. 근데, 오늘 이 자리에서는 노래하는 게 참 행복했어요."

내 생각이 만들어낸 불행의 색안경 벗기

살면서 느끼는 행복과 불행은 결국 '내가 원하는 것을 이루느냐 이루지 못하느냐'가 잣대가 됩니다. 인생에 큰 문제가 없길 바라고 승승장구하길 바라지만, 사실 내 뜻대로 되는 것보단 뜻한 바를 못 이룰 때가 훨씬 많습니다. 그런 경험을 기반으로 마음 안에 불행의 서랍을 하나둘 쌓아갑니다. 그러고는 과거에 실패했던 그 상황과 비슷한 일이 벌어지면 화들짝 놀라 불행의 서랍을 열어젖힙니다.

하지만 생각해보십시오. 지난일 중 행복했다고 생각되는 일 혹은 불행했다고 생각되는 일을 곰곰이 떠올려보면, 힘들고 괴로웠던 경험이 오히려 내게 득이 된 것이 있고, 즐겁고 기뻤던 일이 되레 좋지 않은 결과를 가져온 것도 있을 겁니다. 결국 지금 내가 느끼는 행불행은 눈앞에 벌어진 일을 두고 내 마음이 판단하는 것일 뿐입니다.

신부가 되려면 신학교에서 여러 가지 수련을 받아야 합니다. 줄잡아 백 개가 넘는 생활 규칙 중 세 개만 어겨도 가차 없이 퇴학 통보를 받습니다. 대표적인 규칙이 저녁 8시 이후 각자의 독방에서 침묵을 지키는 것입니다. 신학교 시절, 한번은 친구가 심각한 얼굴로 내 방을 방문했습니다. 부친이 돌아가셔서 홀어머니가 어린 동생 둘을 키우며 고생하신다는 집안 사정을 얘기하며, 이제라도 신부의 길을 포기해야 하지 않을까 고민하고 있었습니다. 하지만 나는 친구의 가슴 아픈 고민을 듣는 중에도 한편으로는 지도 신부에게 들킬까 봐 두려웠습니다. 한 시간 남짓한 동안, 규칙을 어겨 퇴학을 당하면 어떻게 될지 생각하느라 마음이 지옥 같았습니다. 퇴학에 따를 불명예와 부모님의 실망까지, 생각의 사슬에 꼭꼭 묶인 채 옴짝달싹 못 했습니다. 친구에게 어떤 위로를 건넸는지는 생각도 나지 않습니다. 그러고도 한 며칠을 혹시 다른 친구들이 알아채진 않았을지, 이미 들켰는데 지도 신부가 아직 모른 척하고 있는 건 아닌지 혼자 불안해했습니다.

지금에 와 생각해보면 참 어리석은 일입니다. 당시 나는 마음 안에 '퇴학'이라는 상황에 맞춰 셀 수 없는 불행의 서랍을 만들어놓고는 틈이 날 때마다 불행을 맛보았습니다. 수없이 치러지는 학업 테스트에서도 행여 기준점을 통과하지 못할까 봐 손에 식은땀이 날 만큼 긴장감에 떨었습니다.

규칙을 어겨 퇴학당할 수도 있고, 시험 성적이 나빠 퇴학당할 수도 있는 것이 신학교 생활입니다. 내게 고민을 털어놓은 친구처럼 가정 형편 때문에 자퇴하는 경우도 많습니다. 그렇다 한들 실제로 인생이 크게 잘못되지는 않습니다. 그걸 불행하다고 여기는 건 우리의 마음일 뿐, 이미 일어난 사건 자체가 불행한 건 아니라는 뜻입니다.

괴로움의 원인은 '바라는 마음'

우리의 삶은 대부분 지극히 상식적으로 진행되고, 과욕을 부리지 않는 한 내가 하는 만큼 결과를 얻습니다. 열 중 하나도 원하는 결과를 못 얻는 경우도 물론 있지만, 막상 실패를 맛보더라도 대부분은 생각보다 의연하게 잘 대처해 나갑니다.

무언가 원하는 것을 얻지 못하거나 실패를 맛보더라도, 그 자체가 불행으로 연결되는 것은 아닙니다. 중년의 무명가수가 소위 말하듯 뜨지 못하고 돈을 잘 못 버는 건, 행복한 일도 아니고 불행한 일도 아닙니다. 다만 벌어진 일입니다. 그것도 스쳐 지나는 삶의 한순간일 뿐입니다. 다만 스스로 정한 행불행의 잣대에 맞춰, 내가 그것을 불행하다 여기면 불행해지는 겁니다. 내가 마련한 작은 무대에서 노래한 그 가수는 다행히 노래하는 삶 자체를 행복으로 받아들였습니다. '이 나이 되도록 이름 한번 날리지 못했다'며 불행의 서랍을 여는 대신, '이 나이가 될 때까지 꿈을 포기하지 않고 꿋꿋이 잘 살았다'는 행복의 서랍을 열었습니다.

붓다는 인간이 갖는 불행감에 대해 이렇게 말했습니다.

"괴로움이 무엇 때문에 생기는지를 이해하라. 괴로움을 불러내는 건 쾌(快)를 원해 마지않는 '바라는 마음'이다."

여기에 나는 한마디 덧붙여 이렇게 말하고 싶습니다. 이왕 마음의 서랍을 열려거든 불행의 서랍 대신 꿈과 감사가 담긴 행복의 서랍만 열라고 말입니다. 불행의 서랍을 열고 싶은 충동이 생길 때, 내가 사는 의미를 생각하면서 마음 한구석에 처박아둔 행복의 서랍을 얼른 찾아야 합니다. 어떤 일이든 그건 단지 일어난 현상일 뿐입니다. 그 일에 행복과 불행의 의미를 부여하는 건 나 자신이라는 사실을 잊어선 안 됩니다.

신이 내린
최고의 선물

섹스와 연애에 관하여

인간이 가진 성적 본능은

신이 내린 축복이자 인간이 누릴 수 있는 최고의 축제입니다.

마음껏 연애하며 사랑을 나누는 건 인생을 잘살기 위한 제1 조건입니다.

그러니 연애를 시간 낭비라고 생각하지 마십시오.

설혹 연애에 실패하더라도 반드시 남는 게 있습니다.

좋은 추억은 지칠 때 힘을 주는 따뜻한 온기로 남고,

나쁜 추억은 다음 사랑을 위한 교훈으로 남습니다.

성당에서 사목을 하다 보면 많은 단체들의 모임에 동석하게 됩니다. 초등학교 주일학교부터 신자들의 장례를 돕는 고령의 연령회까지 나이대도 다양합니다. 이 단체들 중 가장 열기가 뜨겁고 팽팽한 긴장감이 감도는 곳이 있으니, 바로 중고등부와 청년부입니다. 신에 대한 영성이 충만해서가 아닙니다. 이 두 모임의 분위기가 뜨거운 건 남녀 간에 흐르는 성적 에너지 때문입니다. 덕분에 이들 모임에서는 활기가 넘치고 3분에 한 번씩 웃음이 터집니다. 어떻게든 자신을 어필하려는 모습들이 한데 어우러져 핑크빛 시너지를 만들어내는 겁니다.

신은 남녀를 창조했고 그들의 결합으로 세상을 재창조합니다. 신의 창조 사업이 이뤄지는 현장이다 보니 그 열기가 대단한 것은 당연합니다. 경험으로 볼 때 남녀가 복수로 모인 곳에서는 반드시 연애가 시작됩니다. 연애의 사전적 정의는 '성적 매력에 이끌려 서로 좋아하며 사귀는 것'입니다. 이는 지극히 자연스러운 본능이며, 신이 세상을 움직이는 원동력이기도 합니다.

성을 뜻하는 한자 '性'은 남녀를 구분하는 의미로 쓰이지만, '생명' '목숨'라는 뜻도 있습니다. 원론적으로 성은 그 자체로 생명의 원천입니다. 성적 매력에 이끌려 남녀가 결합하고 그 결과로 생명이 탄생합니다. 뿐만 아니라 성은 모든 문화의 근원입니다. 인류의 문화사를 보면 전 분야에 걸쳐 성적 에너지가 창조의 근원으로 자리하고 있습니다. 얼마나 많은 철학자들이 남녀 간의 사랑을 논했으며, 또 얼마나 많은 예술가들이 자신의 사랑을 작품으로 승화시켰습니까. 오늘날 우리가 누리는 문화 곳곳에는 성적 에너지가 잠재돼 있으며, 그로 인해 또 다른 창조가 이뤄지고 있습니다.

다시 말해, 남녀의 사랑과 결합은 신이 내린 축복이자 인간이 누릴 수 있는 최고의 축제입니다. 그런데 왜 이 세상의 연애는 이렇게 힘들고 복잡한 걸까요?

후회 없는 사랑을 하고 싶다면

미국 캘리포니아대학교 신경정신과 의사 루안 브리젠딘은 《여자의 뇌, 여자의 발견》에서 성적 충동과 관련한 뇌의 공간이 남자가 여자보다 2.5배 크다고 밝혔습니다. 남자와 여자가 대화할 때 뇌를 관찰하면, 남자의 뇌는 쾌감을 관장하는 부분이 자극되는 반면 여자의 뇌는 전혀 반응이 없다고 합니다. 남녀가 서로 얘기만 나눠도 남자는 성적 자극을 받는다는 얘기입니다.

하지만 이런 생물학적 차이를 빌미로, 남자들의 분별없는 성적 충동이 용인될 수는 없습니다. 신은 우리에게 성적 본능과 함께 자유의지를 선사했습니다. 분별력과 판단력으로 자신의 욕구를 스스로 조절하고, 동물적 쾌락을 넘어 상대방과 내적인 일치를 이룰 수 있는 선택권을 준 겁니다.

그런 의미에서 우리 안에서 일어나는 여러 욕구 중에 성욕은 가장 차원 높은 욕구라 할 수 있습니다. 식욕이나 물욕, 명예욕은 혼자서도 이룰 수 있지만 성의 완성은 상대와 함께 이뤄져야 한다는 점에서도 차이가 있습니다. 단, 여기에는 한 가지 중요한 전제 조건이 있습니다. 어느 한쪽의 일방적인 강압이 아닌, 서로에 대한 배려와 존중, 동의가 따라야 한다는 것입니다.

이는 비단 남성에게만 국한된 얘기가 아닙니다. 남녀 모두 성에 대한 확고한 신념이 필요합니다. 성을 통해 소중한 사랑을 완성시키려면 비뚤어진 성 의식이 만연된 세상에 휩쓸리지 말고, 자기만의 '성 철학'이 있어야 합니다. 성에 대한 생각을 스스로 정리해보고 주체적으로 임해야 한다는 겁니다. 내가 원하지 않는다면, '네가 섹스를 허락하지 않는 건 나를 사랑하지 않아서'라는 상대의 말은 무시해도 좋습니다. 그건 그의 문제지 내 문제가 아닙니다. 존중과 예의가 함께하지 않는 사랑은 단언컨대 진짜 사랑이 아닙니다.

반면 갑자기 성욕이 떠오른다고 해서 죄책감을 가질 필요도 없습니다. 그럴 땐 내가 지극히 건강하다는 신호로 받아들이는 한편, 상대의 동의 없는 결합은 일순간의 쾌락은 주겠지만 사랑의 온전한 완성을 막는다는 사실을 상기했으면 좋겠습니다. 기다림의 미학이라는 말도 있지 않습니까.

연애 따위 필요 없다고 말하는 사람들에게

"사람이 혼자 있는 것은 좋지 않으니, 그에게 알맞은 협력자를 만들어주겠다."

성경 창세기에 나오는 구절입니다. 굳이 종교적인 근거를 대지 않더라도 남녀가 짝을 이뤄 사는 건, 신체적으로나 정신적으로 건강하게 살기 위한 전제 조건입니다. 연애를 시간낭비라고 말하는 사람들에게 해주고 싶은 말은, 실패한 연애더라도 반드시 남는 게 있다는 것입니다. 헤어져 남남이 됐다고 상대와 함께했던 시간마저 사라지는 건 아닙니다. 좋은 추억은 지칠 때 힘을 주는 따뜻한 온기가 될 것이고, 나쁜 추억은 다음 사랑을 위한 교훈으로 남을 것입니다.

세상이 비뚤어진 성의식으로 만연되어 있더라도 두려워하지 마십시오. 세상 어디를 가도 병든 구석은 있습니다. 구더기 무서워서 장을 못 담글까요. 사랑은 반드시 누려야 할 인생 최고의 기쁨입니다. 젊을 때 연애를 많이 해봐야 한다고들 하는데, 젊어서나 나이 들어서나(불륜을 제외하고) 연애를 포기해서는 안 됩니다. 자존심이 바닥까지 떨어지고 상처받아 밤잠을 못 이루는 날도 있을 겁니다. 하지만 그럼에도 불구하고 혼자 사는 것보다 누군가를 사랑하며 사는 편이 왜 행복한지는, 직접 사랑해보기 전까지는 절대 알 수 없습니다. 또한, 때론 설레고 때론 마음 아픈 사랑을 직접 경험하면서 우리는 우리 자신이 어떤 사람인지를 더 잘 알게 됩니다. 가족 말고도 나를 아껴주는 사람이 있다는 사실은 또 얼마나 힘이 됩니까.

그러니 이제라도 내 짝을 찾기 위해 부지런히 움직여야 합니다. 성당이든 교회든 법당이든 동호회든 남녀가 모이는 곳은 어디든 찾아다니십시오. 남녀가 모이는 곳에서는 십중팔구 연애가 이뤄집니다. 어떤 사람들은 할 일이 너무 많아 연애할 시간이 없다고 합니다. 그런 사람들에게 말하고 싶습니다. 일은 평생 하는 것인데 인생의 한 시절 배우자를 찾는 시간 정도는 쉬어 가도 된다고. 배우자에게 치이기 싫고 아이 기르는 것도 부담스럽다는 사람들에게도 권하고 싶습니다. 물론 혼자 사는 삶도 훌륭한 가치가 있지만, 내 생명은 부모님이 나누어준 덕분에 생긴 것이고 그래서 내 삶을 누릴 수 있다고 생각한다면, 수고스럽더라도 받지만 말고 나 역시 내가 받은 몫은 하자고. 연애는 좋은 것이고 신의 축복입니다. 신의 축복을 받는 일에 두려움을 버려야 합니다.

꿈꿀 수 있는
자유를 보장하라

사람은 무엇으로 살까요?

사람은 자신만의 꿈을 갖고, 이를 이루는 보람으로 살아갑니다.

꿈은 사람을 살게 하는 원동력입니다.

동력을 잃은 배는 항해할 수 없습니다.

동력만 있으면 배를 바꾸는 건 문제가 아닙니다.

꿈을 향해 전진하는 튼튼한 엔진만 있다면

아이는 오늘은 연예인, 내일은 소설가, 모레는 사업가가 될 수 있습니다.

가끔 이런 엉뚱한 상상을 합니다.

'내가 만일 결혼을 해서 아이가 있다면 과연 어떻게 교육을 했을까?'

성당에서 사람들과 상담을 하다 보면 열에 아홉은 자녀 얘기를 꺼냅니다. 대부분 아이가 저지른 잘못, 나쁜 습관에 관한 이야기인데, 앞뒤 정황을 잘 들여다보면 아이를 너무 자기 고집대로 이끌려 하거나, 정도를 넘어설 만큼 과보호를 해서 발생하는 문제입니다. 아이를 하나의 인격체가 아닌 소유물로 여기는 겁니다. 그렇게 하면 역효과만 불러올 거라고 조언을 하면, 다른 문제에서는 신부님 말씀이라며 곧잘 수용하던 사람들이 한마디도 지지 않고 맞섭니다. 이유는 간단합니다. 아이에 대한 자신의 사랑을 부정당하기가 싫은 겁니다.

이 세상에 아이를 사랑하지 않는 부모는 없습니다. 하지만 사랑이 크다고 아이를 잘 교육할 수 있는 건 아닙니다. 물론 아이가 아주 어릴 땐 무조건적인 사랑이 필요합니다. 교육 전문가들이 말하듯, 적어도 세 살까지는 말 그대로 '아낌없이 주는 나무'가 되어야 합니다. 이 시기의 아이에게는 부모가 곧 세상 전부이기 때문입니다.

하지만 아이가 말도 곧잘 하고 의사소통이 가능한 시기가 되면 단순히 돌보는 차원이 아니라 온전한 어른, 행복한 어른으로 자라기 위한 교육을 시작해야 합니다. 지켜본 바로 아이가 대략 열여섯 살 정도 될 때까지입니다. 자녀의 인격 형성에 결정적인 역할을 하는 시기이지요. 하지만 이 시기에 어떤 부모는 지난 삶을 투영해 자기가 못 이룬 꿈을 자녀를 통해 보상받으려고 합니다. 어떤 부모는 출세를 자녀교육의 목표로 정하고, 이 목표를 달성할 수 있는 스펙을 만들어주기 위해 온 정성을 다 쏟아붓습니다. 하지만 그렇게 해서 과연 부모가 바라는 대로 아이의 미래가 보장될지는 심히 걱정이 됩니다.

미래를 살아갈 우리 아이들에게 가장 필요한 것

일전에 어느 엄마에게서 내 아이가 제발 우여곡절 없이 평탄한 길만 걸었으면 좋겠다는 말을 들었습니다. 아이 앞으로 적금과 보험도 잔뜩 들어놨고, 용하기로 소문난 과외선생까지 붙였다고 하더군요. 그래서 내가 물었습니다.

"그런데, 본인 인생은 어땠어요? 우여곡절 없이 평탄하게 살아왔습니까?"

"아이고, 말도 마세요. 저는 산전수전에 공중전까지 다 겪으면서 살았어요."

누군들 산전수전 겪으며 살고 싶을까요. 하지만 내 미래가 어떻게 펼쳐질지는 누구도 알 수 없고, 인생은 결코 내 계획대로 진행되지 않습니다. 살면서 엎어지고 좌절하는 건 누구도 피할 수 없다는 얘기입니다. 이런 인생의 진리를 두고, 내 자식의 앞날에 산전수전이 없기를 바라는 건 상식이 아닙니다.

더군다나 많은 사회학자들이 앞으로의 시대는 복합적이고 불확실한 위험사회로 이행될 것이라고 이미 오래전부터 예측해왔습니다. '공부 잘해 좋은 대학 가서 사회적 명성을 얻으면 성공한다'는 전형적인 틀이 사라진다는 겁니다. 이미 그런 변화는 우리 모두 감지하고 있습니다. 사라진 직업이 몇이며, 새롭게 등장한 직업이 몇입니까.

결국 우리가 아이를 위해 할 수 있는 최선의 교육은 아이로 하여금 어떤 미래를 만나든지 제 힘으로 씩씩하게 헤쳐나갈 수 있는 능력을 갖게 하는 것입니다. 부모가 아이에게 그토록 바라는 재물의 축적이나 지위의 확보만으로는 미래의 위기를 헤쳐나갈 수 없습니다. 그렇다면 과연 아이로 하여금 미래를 개척하고 삶의 만족도를 스스로 키워가도록 하는 비결은 무엇일까요?

사회가 불확실하고 개인의 자유가 커지는 만큼, 아이에게 필요한 것은 확고한 정체성입니다. 이는 내가 누구이고, 내가 진정 원하는 것이 무엇인지를 바로 아는 것을 말합니다. 정체성이 확실한 아이는 외적인 환경이 어떻게 변하든 내면이 흔들리지 않습니다. 문제가 닥쳐도 당황하지 않고 자신만의 방법으로 해결책을 찾아내지요. 또한 정체성이 강한 아이는 자신이 하고 싶은 일, 잘할 수 있는 일을 정확히 찾아내는 능력이 뛰어납니다.

그래서 나는 부모들에게 아이가 무엇을 하든 말리지 말고 잘 관찰하면서 제 스스로 자아상을 만들게 하라고 강조하곤 합니다. 확실한 자아상은 많은 시도와 경험을 통해 얻어지기 때문입니다. 성공과 실패를 반복하며 '아 이건 잘되네?' '이건 나랑 안 맞는군' 하면서 자기 자신에 대해 알아가는 것이죠. 그 과정에서 아이 스스로 좋아하는 일을 찾아내기만 해도 교육의 절반은 성공한 셈입니다.

가장 좋은 교육은 결국 아이들이 무엇을 원하는지 알아내 그것을 하도록 격려하는 것입니다.

꿈꾸는 아이가 행복하다

아이를 기르는 부모가 가장 많이 저지르는 실수는 아이의 꿈을 대신 찾아주는 것입니다. 아이를 위한다고 하지만 결국 그 것은 부모가 바라는 꿈, 세상이 바라는 꿈입니다.

나는 부모의 꿈이 제 꿈인 양 살다가 뒤늦게 방황하는 아이들을 너무 많이 봅니다. "하고 싶은 게 없어요." "꿈이 없어요" 라고 말하는 아이들의 눈은 보기에도 참 슬픕니다. 하지만 애초에 꿈이 없는 아이는 없습니다. 자기 꿈을 잃은 아이가 있을 뿐이지요. 아이 스스로 자기 마음속에 있는 꿈을 찾도록 도와 줘야 할 부모가 제 역할을 외면한 탓입니다.

아이가 어릴 땐 좋아하는 무언가가 있습니다. 그림을 그리든 노래를 하든 장난감을 조립하든 부모 눈에는 아주 사소해 보여 도 분명 좋아하는 것이 있습니다. 그런 아이가 자라면서 자기가 좋아하는 것을 잊게 되는 건, '내가 좋아하는 일이 내 꿈이 될 수 있다'는 가르침을 단 한 번도 받지 못했기 때문입니다.

그런 의미에서 부모에게 가장 필요한 덕목은 '관찰'과 '경청'이 아닐까 합니다. 아이 스스로 꿈을 발견하게 하려면 먼저 아이를 잘 관찰해야 합니다. 그냥 지켜보는 게 아니라 아이 마음을 들여다보라는 얘기입니다. 잘 살펴보면 아이가 무심코

던진 말이나 행동에서 저만의 기질과 재능을 발견할 수 있습니다. 기질과 재능은 꿈으로 성장하는 씨앗입니다.

또한 입은 닫고 귀를 열어야 합니다. 한창 자라는 아이들은 쉽게 생각이 바뀌고 그럴 때마다 혼란을 느낍니다. 이럴 땐 이런저런 다그침보다 아이의 이야기를 듣는 게 먼저입니다. 잘 들으면서 인내심을 갖고 기다려주기만 해도 제 갈 길을 찾아가는 힘이 아이들 모두에게 있습니다.

사람은 무엇으로 살까요? 사람은 자신만의 꿈을 갖고, 이를 이루며 얻는 보람으로 살아간다고 생각합니다. 꿈은 사람을 살게 하는 원동력입니다. 동력을 잃은 배는 항해할 수 없습니다. 배가 힘차게 항해할 수 있도록 자녀의 동력을 빼앗지 말아야 합니다.

그런데 어떤 부모는 자녀의 꿈을 듣고는 한숨부터 내쉽니다. '우리 아이는 시류의 짧은 유혹에 현혹되어 연예인이 되려고 한다. 어쩌면 좋으냐!' 안정된 미래를 꿈꾸기는커녕 밥벌이도 안 되는 일만 고집한다며 볼멘소리를 합니다.

그러나 생각보다 아이들은 어른보다 훨씬 더 현실적이고 미래지향적입니다. 그러니 그들의 꿈에 힘과 격려를 보내주십시오. 직업 자체가 꿈은 아닙니다. 아이들은 꿈이라는 동력으로 어떤 일을 준비하다가 갑자기 배를 갈아타기도 합니다. 동력만 있으면 배를 바꾸는 건 문제가 아닙니다. 꿈을 향해 전진하는 튼튼한 엔진만 있으면 오늘은 연예인, 내일은 소설가, 모레는 사업가가 될 수 있습니다. 우리 아이들이 지닌 잠재력은 생각보다 훨씬 크다는 것을 잊어선 안 됩니다.

괜찮은 척 말고,
애쓰지도 말고

© 홍창진 2021

초판 1쇄 발행 2021년 3월 10일
초판 9쇄 발행 2023년 8월 1일

지은이 홍창진
펴낸이 박성인

편　집 강하나, 김희정, 이다현
마케팅 김멜리띠나
경영관리 김일환

펴낸곳 허들링북스
출판등록 2020년 3월 27일 제2020-000036호
주소 서울시 강서구 공항대로 219, 3층 309-1호(마곡동, 센테니아)
전화 02-2668-9692 팩스 02-2668-9693
이메일 contents@huddlingbooks.com

ISBN 979-11-91505-00-9　(03810)